D1656788

Björn Bernhard Kuhse

Der Herr der Düfte

Bibliografische Information der Deutschen Nationalbibliothek
Die Deutsche Nationalbibliothek verzeichnet diese Publikation in der Deutschen Nationalbibliografie; detaillierte bibliografische Daten sind im Internet über http://dnb.ddb.de abrufbar.

ISBN 978-3-940751-91-1

Gestaltung: Verlag Jörg Mitzkat
www.mitzkat.de

Björn Bernhard Kuhse

Der Herr der Düfte

Mit der Vanille zum Multimillionär

Ein Wissenschaftsroman

Verlag Jörg Mitzkat
Holzminden 2014

„Was man an der Natur Geheimnisvolles pries,
Das wagen wir verständig zu probieren,
Und was sie sonst organisieren ließ,
Das lassen wir krystallisiren“

J. W. v. Goethe (Faust II)

1

Der kleine Wilhelm liebte seine Großmutter Seulke „unsäglich“, und möglichst oft suchte er ihre Nähe. Sie wohnte nicht weit entfernt von seiner Geburtsstadt Holzminden im beschaulichen Eschershausen.

Beim Betreten ihres Hauses empfing ihn oft der Duft eines frisch gebackenen Apfelkuchens. Er ließ ihm das Wasser im Munde zusammenlaufen, spürte dabei schon den ersehnten Geschmack und stellte sich vor, wie der Puderzucker auf der Zunge zerschmolz und dessen Süße sich mit der feinen Säure der Äpfel mischte.

Vergessen waren in diesem Moment seine Spielkameraden am Weserfluss und seine Geschwister im alten Fährhaus.

Die ganze Liebe zu seiner Großmutter und die Geborgenheit, die sie ihm vermittelte, war in dem Duft ihres Hauses versinnbildlicht. Es war ja nicht nur der Apfelkuchen; es war auch der Duft von „Kölnisch Wasser“, den sie am Sonntag beim Kirchgang verbreitete, wenn sie nach der

Predigt des Pastors ihr weißes Taschentuch mit dem so frischen Geruch an ihre Augen führte. Es waren aber auch die Gerüche in der Küche, wenn beispielsweise der Zucker über der Flamme dahinschmolz. Welch ein Duft nach Karamell stieg dann in seine Nase. Düfte strömten auch von draußen in das geöffnete Küchenfenster hinein, es war der Duft von Pfirsichen, der ihn an seine ganz frühe Kindheit erinnerten. Jetzt war er mit seinen acht Jahren schon Schulkind und verband mit der Schule ganz andere, viel strengere Gerüche. Es roch dort nach Reinigungsmitteln und Bohnerwachs, nach Kreidestaub und muffigen alten Landkarten, und bei der Erinnerung daran fühlte er sich unbehaglich. Da waren doch die Gerüche in Großvaters kleiner Werkstatt im Keller nach Eisen, Leim, Leder und Pfeifentabak viel angenehmer.

Bei seinem letzten Besuch in Eschershausen hatte er ein besonders eindrucksvolles „Dufterlebnis". Seine Großmutter wollte ihrem Enkel so recht eine große Freude machen, aber sie lebte in bescheidenen Verhältnissen und konnte Wilhelm deshalb kein teures Geschenk kaufen.

„Ich habe noch etwas Besonderes im Küchenschrank, es ist eine Vanilleschote aus Mexiko. Ich könnte Dir damit einen Vanille-Pudding zubereiten." Wilhelm wurde neugierig, so eine Schote hatte er noch nie gesehen. Seine Großmutter nahm sie vorsichtig aus dem Glasbehälter und Wilhelm prüfte die seidenglänzende, dunkelbraune Frucht voller Staunen. Den intensiven Duft kannte er noch nicht – ein neues Dufterlebnis für ihn, das ihn sein Leben lang prägen würde. Der Vanille-Pudding schmeckte ihm dann köstlich und er sagte:

„Ich höre die Engelein pfeifen" und er fand den Spruch passend zu diesem Geschmackserlebnis, sein Bruder Otto wiederholte ihn bei jeder Gelegenheit. Seine Großmutter lächelte glücklich.

Nun wollte er mehr wissen über die Gewürzvanille. Mit großen Augen hing er an Großmutter Seulkes Lippen, als sie von spanischen Eroberern berichtete, die im fernen Mexiko bei den Ureinwohnern die Vanille kennengelernt hatten, von ihrem Geschmack begeistert waren und sie auf ihren Segelschiffen mit nach Spanien gebracht hatten.

2

Am 12. März im Jahr 1519 war Hernán Cortés mit seiner Flotte in die Mündung des Tabasco auf Yucatán eingelaufen. Von vielen Ureinwohnern wurde er freundlich empfangen, andere begegneten dem spanischen Eindringling jedoch mit Feindseligkeit. Erst kürzlich hatten fast 150 000 Azteken sein Lager angegriffen. Der Angriff war so heftig, dass einige Azteken ins Lager eindrangen und mit den Spaniern Mann gegen Mann kämpften. Tags darauf konnte er mit der Reiterei und 100 Mann Fußvolk sowie einheimischen Freunden unbemerkt ausbrechen und zahlreiche Dörfer niederbrennen, wobei viele Ureinwohner den Tod fanden. Die Spanier sahen ihren Sieg als Belohnung Gottes an, da sie die Fahne des Kreuzes mit sich führten.
Nun wollte Cortés endlich den König Montezuma kennen lernen. Dieser hatte ihm durch seinen Bruder Gold im Werte von 3 000 Pesos überbringen lassen mit der Bitte, von einem Besuch abzusehen. Seine Hauptstadt sei sehr arm an Lebensmitteln und der Weg stünde unter Wasser. Cortés antwortete jedoch, er sei auf Befehl ihrer Majestät in dieses Land gekommen und müsse über Montezuma berichten.

Hernán Cortés und sein Gefolge mit Konquistador Bernal Díaz de Castillo waren nun etwas erschöpft vom langen Marsch über den Damm, der durch die Lagune bis zur Hauptstadt der Azteken Tenochtitlán führte, die malerisch mitten in der Lagune lag. Acht Reiter konnten auf dem massiv gebauten Damm in Front marschieren. Er hatte bereits hunderte von Stadtbewohnern in ihrer reichen Tracht in zeitraubender Zeremonie begrüßen müssen. Bevor sie das Wort ergriffen, berührte jeder der Standesherren mit der Hand die Erde und küsste sie.

Kurz vor der Stadt war noch eine hölzerne Brücke zu überwinden, dann kam ihnen endlich Montezuma mit seinem großen Gefolge entgegen. Alle waren barfuß, bis auf Montezuma, und trugen eine einheitliche Tracht. Montezumas Bruder, der Kazike von Iztapalapa, stützte den König mit dem Arm.

Wie hatte doch Hernán diesen Augenblick herbeigesehnt, immer wieder war der König der Azteken ihm ausgewichen und erfand neue Ausreden, den Konquistador zu empfangen. Würde Montezuma den Konquistadoren aus Spanien die nötige Ehrerbietung erweisen und es zu einem freundlichen Empfang kommen?

Hernán stieg aus dem Sattel und ging auf ihn zu, um ihn zu umarmen. Doch sein Gefolge erhob die Hände, so dass Hernán ihn nicht berühren konnte. Es folgte wieder die Zeremonie und alle küssten die Erde.

Jetzt näherte sich Hérnan erneut dem König und legte ihm sein eigenes Halsband aus Perlen um den Hals.

Daraufhin brachte ein Diener zwei mit roten Muscheln verzierte Hummerhalsbänder mit je acht goldenen handgroßen Hummern, die der König seinem Gast um den Hals hängte.

Anschließend gingen sie gemeinsam zu einem stattlichen Haus, das als Quartier für die Gäste vorgesehen war.

Montezuma führte Cortés mit der Hand in einen Saal und bot ihm Platz auf einer Estrade.

Nachdem er sich kurz entfernt hatte, präsentierte Montezuma sich erneut mit seinem Federbusch und der farbenprächtigen Erscheinung.

Waren den Azteken die fremden Eroberer mit ihren Rüstungen und großen Pferden doch wie Götter plötzlich übers Meer aufgetaucht. Es galt, sie zu verehren und mit Gold zu beschenken.

Montezuma klatschte in die Hände und ließ Früchte auftragen.

Doch dann kam die Überraschung: Diener eilten herbei und trugen dampfende Tonkrüge mit einer dickflüssigen, schaumigen, betörend duftenden Flüssigkeit herein.

So etwas hatten die Spanier noch nie gesehen und nie gekostet.

Sie leerten gierig die Krüge und verlangten nach mehr und wurden neugierig auf den Inhalt.

Es waren die in Europa unbekannten Kakaobohnen, gewürzt mit der Vanilleschote, die noch verfeinert durch Cilly und Honig zu diesem exotischen Schokoladengetränk führten.

„Es ist ein Liebestrank", sagte Montezuma, „und ich muss Euch gleich die Legende vom Mädchen *Vanila* und dem Jüngling *Chocolati* erzählen:

Die wunderschöne *Vanila* lebte in Mexiko und liebte den jungen *Chocolati.* Doch ein böser Zauberer war voller Neid auf ihr Liebesglück und verwandelte sie in Pflanzen. *Vanila* wurde eine Orchidee und *Chocolati* ein Baum. Doch die Liebenden ließen sich nicht trennen, denn *Vanila* umschlang den Baum wie eine Liane, ganz so wie sie früher ihren *Chocolati* umschlungen hatte. Und die Menschen, welche die Früchte dieser beiden Pflanzen pflückten und zu einem Trank vereinten, waren wie verwandelt und voller Liebesglück. Auch heute noch bereiten wir aus den Früchten von *Chocolati* und *Vanila,* eben Kakao und Vanille, den *Aztekischen Liebestrank* zu.

Dieses Getränk ist mein Lebenselixier, das darf ich euch verraten, es gibt mir Kraft und Freude. Der Tag ist lang, oft lasse ich servieren."

Wohlig spürte Hernán seine Kräfte zurückkehren und versuchte sofort, diese neue Erkenntnis militärstrategisch einzuordnen. Was hatten seine Soldaten auf den langen Tagesmärschen nicht alles auszuhalten? So ein potentes Getränk kam wie gerufen.

„Gebt mir Vanilleschoten und Kakao, und ich werde mich erkenntlich zeigen, was auch immer ihr wollt", sagte Hernán voller Bewunderung.

Daraufhin wurden sie mit allem reichhaltig versorgt und später konnte sich Hernán davon überzeugen, dass tatsächlich ein Tonkrug mit dem Wundertrank seine Soldaten befähigte, einen Tagesmarsch mit Leichtigkeit durchzustehen.

Zur Überraschung der Spanier kam es schließlich zur völligen Unterwerfung, als der König der Azteken das Wort ergriff:

„Wir betrachten uns nicht als Eingeborene, sondern als Nachkommen des großen Königs, der Euch geschickt hat. Alles was ich besitze, stelle ich Euch zur Verfügung. „

So nahmen die Spanier, was das Herz begehrte, doch am stärksten interessiert waren sie an dem Aztekischen Liebestrank mit Vanillegeschmack.

Cortés ließ sich das Rezept des Aztekischen Liebestrankes geben, um es seiner Königin Isabella als Geschenk zu überreichen.

3

Im März 1803 begann in Mexiko Alexander von Humboldts letzter Abschnitt seiner amerikanischen Forschungsexpedition. Ein Jahr hielt er sich mit seinem Begleiter Bonpland im Königreich Neu-Spanien auf. Tiere, Steine, Menschen, Landschaften und Pflanzen, für alles hatte er Interesse. Aber eine bestimmte Orchideen-Pflanze interessierte ihn besonders, die *Vanilla Planifola,* deren Früchte daheim zu diesem herrlichen Geschmack in der Schokolade beitrugen. Nur hier im tropischen Regenwald sollten die Schoten der Gewürzvanille reifen. Im Staate Veracruz wurde er dann fündig. Er wollte sie sehen, schmecken, zeichnen und vermessen, eine Dokumentation für sein Werk Über den Zustand des Königreiches Neu-Spanien. Bonpland jedoch war mürrisch wie eh und je:

„Was für ein nutzloser Aufwand, weiß Er nichts von den bösen Folgen des Verzehrs, vom Nervenfieber und ja Giftigkeit?"

„Mein lieber Bonpland, das sind doch alles gezielte Verleumdungen gewesen, man muss halt hinter die Dinge schauen, oder viel mehr lesen und studieren, bloß das ist nicht jedem gegeben"

„Ich sehe Tatsachen, und zwar die Tatsache, dass hier in Neuspanien zur Zeit keine Vanilleschote verzehrt wird."

„Weiß Er denn nichts davon, was schon unter *Linné* geschrieben stand, dass man zu einer List, ja zu einer Verleumdung greifen musste, um den übermäßigen Genuss von Schokolade in Spanien besonders bei der Geistlichkeit und den Mönchen einzudämmen, den man für die zahlreichen Ausschreitungen in den Klöstern verantwortlich machte?"

„Na und? Was haben diese bedauerlichen Ereignisse mit der Vanille zu tun?“

„Ist Ihm denn gar nichts bekannt von der sexuell erregenden Wirkung der Vanille? Er müsse es doch wissen, wo er doch öfters *abschweife*. Da man einsah, dass es nicht gelingen würde, den Konsum an Schokolade einzudämmen, griff man halt kurzerhand zum bequemeren Mittel, nämlich die Vanille für gesundheitsschädlich zu erklären. So konnte man das Aphrodisiakum von der Geistlichkeit fernhalten, allerdings fühlte sich auch die allgemeine Bevölkerung verunsichert, das müsse Er ja wohl einsehen“.

„Alexander habe wohl wie immer Recht, jetzt verstehe er auch die Nachlässigkeit bei den Kulturen.“

„So sind wir uns einig in diesem Punkt. Mich wundert es doch sehr, mit welcher Sorglosigkeit die Bewohner des spanischen Amerikas die Vanille-Kulturen behandeln, wo doch nach wie vor in Europa die höchsten Preise für die Vanilleschoten erzielt werden.“

Manchmal konnte ihm dieser Bonpland schon auf die Nerven gehen, aber er tröstete sich damit, dass sie sich eigentlich immer auf der Expedition gut ergänzt hatten.

Unbeirrt ging Humboldt an die Arbeit und hielt fest, dass die Vanillepflanze häufig auf dem östlichen Abhang der Anden zwischen 19 ° und 20 ° nördlicher Breite wuchs. Da sie verstreut im Regenwald vorkam und somit die Ernte mühselig war, legten die Indianer neue Kulturen an. Etwa 50 cm hohe Steckreiser wurden an Ziehbäumen wie z.B. Pfefferbäumen mit Lianen befestigt, so dass sie emporranken konnten. Bereits im dritten Jahr bilden sich die ersten Früchte in der Regel etwa 50 grüne Schoten. Im übrigen greift kein Insekt die Früchte an, dafür sorgt die Milch im Inneren. Die ersten gelblichen Blüten zeigen sich im Februar. Setzt Nordwind mit viel Regen ein, so fallen die Blüten ab und Ernteausfälle sind die Folge.

Die Ernte durfte erst erfolgen, wenn durch ein Edikt den Indianern das Abschneiden der gelben Früchte erlaubt wurde. Sie bleiben dann eine Woche in den Wäldern von Quilate und verkaufen die Schoten an die Mestizen. Diese beherrschten das *Beneficio de la baynilla,* also das Aufbereitungsverfahren. Dazu gehörten die sorgfältige Trocknung, um den Silberglanz zu erhalten und das Sortieren in Bündeln für den Transport nach Europa. Zunächst mussten die gelben Schoten auf Tüchern an der Sonne mehrere Tage trocknen, danach wickelte man sie zum Schwitzen in Wolldecken ein. Dabei wurden sie schwarz und mussten den ganzen Tag an der Sonne trocknen.

Humboldt befragte die Mestizen nach weiteren Details der Aufbereitung. Ihn interessierte auch, wie man während der Regenzeit die fehlende Sonneneinstrahlung ausglich. In diesem Fall wurde mit künstlicher Hitze nachgeholfen. Über einem Feuer wurde dabei ein Rahmen aus Schilfrohr und einem gespannten Wolltuch geschwenkt, auf dem die Schoten ausgebreitet waren.

Bonpland glaubte dem nicht so recht und sagte skeptisch: „Man kann uns ja viel erzählen, das möchte ich doch erst einmal mit eigenen Augen sehen."

„Diesmal gebe ich Ihm ausnahmsweise Recht, als Naturwissenschaftler sollte man alles nachweisen, denn dass man die edlen Vanilleschoten so zu sagen räuchert, kann ich mir jetzt auch noch nicht vorstellen."

Humboldt dachte kurz nach. Sollte diese Prozedur tatsächlich so durchgeführt werden, so würde dazu eine gehörige Portion Sorgfalt und auch Erfahrung gehören.

Und spontan hatte er eine Idee: Warum sollte nicht auch heißes Wasser diesen Prozess bewirken!

4

Professor Charles Morren verließ den Place Cockerill in Lüttich voller Tatendrang in Richtung Blumenpark, der sich bis zur Maas erstreckte. In diesem ehemaligen Privatgarten des wallonischen Jesuitenkollegs befand sich nämlich sein Lieblingsort, ein Wunderwerk aus Eisen und Glas. Ein Gewächshaus ganz im viktorianischen Stil; das seinen Vorstellungen von einem Tropenhaus so ganz entsprach.

Mit seinen 29 Jahren hatte er eigentlich alles erreicht, was einem aufstrebenden Wissenschaftler vorschwebte. Seit einem Jahr war er Professor für Botanik an der Universität Lüttich, und man vertraute ihm damit im Jahr 1835 als Direktor den Botanischen Garten an.

Hier in Lüttich war er in seinem Element bei seiner geliebten Botanik und dachte mit Schrecken zurück an seine trockenen Physik-Lehrveranstaltungen als Professor für Physik in Gent.

Als Botaniker spürte er eine innere Unruhe, die Pflanzenwelt war so vielseitig und er fühlte sich als Forscher herausgefordert, die Natur zu erkunden.

Besonders eine Pflanzengattung hatte es ihm angetan, nämlich die Orchideen.

Allein die Bromelien hier in Mitteleuropa waren so vielschichtig, ihre Blütenfarben und Duftkombinationen je nach Lichteinwirkung, ganz abgesehen vom Geheimnis der Fortpflanzung.

Alles interessierte ihn brennend und verfolgte ihn Tag und Nacht.

Doch jetzt gab es bei den exotischen Orchideen ein besonderes Geheimnis, das ihm erst recht keine Ruhe mehr ließ.

Die Gewürzvanille aus Mexiko war ja schon seit dem 16. Jahrhundert durch die Spanier in Europa besonders als Beimischung für Schokolade eingeführt worden.

Nur in Mexiko konnte die *Vanilla Planifolia* kultiviert werden, um dann die dunkelbraunen Vanilleschoten nach Europa zu exportieren.

Warum war der Anbau nur dort möglich?

Seeleute hatten immer wieder versucht, die grünen Pflanzen übers Meer zu transportieren und sie auf der langen Seereise vor Wind und Wetter abzuschirmen. Warum sollten sie nicht im fernen Europa wohlbehütet in Gewächshäusern gedeihen?

Schon seit 1800 hatte man in England entsprechende Versuche unternommen, begonnen durch den Marquis von Blandfort und fortgesetzt von Charles Greville in Paddington. Tatsächlich war es dort gelungen, die Pflanzen zum Blühen zu bringen, und man konnte die wunderschönen gelben Blüten im Frühjahr bewundern, die sich nur einmal im Jahr frühmorgens öffnen.

Das war aber auch alles, nie gelang es, eine Vanillefrucht zu erhalten.

Gerade jetzt war der Startschuss für einen derartigen Versuch gefallen und Charles Morren hatte sich gründlich darauf vorbereitet.

Vanille-Pflanzen waren schon seit Jahren aus Greville‘s Gärten über Antwerpen nach Lüttich gelangt, aber auch hier gelang es den Forschern nicht, die Bedingungen von Mexiko nachzustellen.

Das hatte Morren bewogen, selbst nach Mexiko in den Regenwald zu reisen, um vor Ort die Anbaubedingungen bei den Totonaken im Staat Veracruz zu studieren, und er hatte sich vor allem für die Bestäubung der Blüten interessiert. Waren es Kolibris oder Bienen, die diese komplizierte Arbeit vollbrachten? Ganz offenbar waren es Meliponen, eine kleine spezielle Insektenart, die dort in Mexiko heimisch war.

Nach drei Jahren zeigen die jungen Pflanzen erstmals ihre gelblichen, angenehm duftenden Zwitterblüten, wobei eines der sechs Blütenblätter als Lippe ausgebildet ist. In der Blüte trennt ein Häutchen die Narbe von den Staubgefäßen, dadurch sind sowohl eine Selbst- wie eine zufällige Fremdbestäubung unmöglich.

Jetzt hatte Morren den Mechanismus der natürlichen Bestäubung verstanden.

Nur die in Mexiko heimischen Meliponen konnten mit ihrem Rüssel das Häutchen zerstören. Dabei gelangten die Pollen auf die Narbe und in den folgenden acht Monaten entwickelte sich der Fruchtknoten zu maximal 30 cm langen grünen Kapseln.

Morren beschleunigte seine Schritte an diesem sonnigen Frühsommertag, und er musste daran denken, wie er sich gleich nach seiner Rückkehr aus Mexiko im hiesigen Gewächshaus an die Arbeit gemacht hatte.

Die Idee ließ ihn nicht los, der Natur nachzuhelfen, wie er es schon bei dem Bromelien, der *Habenaria bifolia* erfolgreich praktiziert hatte.

Als seine Vanillepflanzen im April ihre gelben Blüten zeigten, setzte er seine Idee in die Tat um.

Mit einem feinen Holzdorn hatte er selbst von Hand in jeder Blüte vorsichtig das Häutchen durchtrennt, so dass genügend Pollen auf die Narbe gelangen konnten. Diese Prozedur setzte er jeden Morgen fort, immer wieder, wenn sich ein oder mehrere Blüten geöffnet hatten.

Inzwischen waren einige Wochen ins Land gegangen, jetzt kam der spannende Moment der Kontrolle.

Irgendwie lag es buchstäblich in der Luft, es könnte heute sein Tag werden.

Endlich erreichte er das Gewächshaus und tauchte ein in die feuchtheiße Tropenluft.

Mit weißen Tüchern waren die Pflanzen vor dem grellen Sonnenlicht abgeschirmt worden.

Morren sah es sofort, er hatte das Unmögliche geschafft. Heureka!

Was für ein Wahnsinn! Überall wunderschöne kleine grüne Schoten, es erinnerte ihn an Stangenbohnen.

Die spätere Aufarbeitung mit der Fermentierung, so dass sich dunkelbraune Schoten mit dem betörenden Duft der Vanille entwickeln können, würde seiner Meinung kein Problem sein. Hatte er doch diesen Prozess, der mit Heißwasser-Behandlung und Trocknen in Wolldecken im Freien verbunden war, ausführlich in Mexiko kennengelernt.

Was für ein Triumph und was für ein wissenschaftlicher Erfolg! Als Chefredakteur würde er umgehend im belgischen *Horticulteur* dieses Ergebnis veröffentlichen, vielleicht winkte ihm auch die Mitgliedschaft der Akademie der Wissenschaften in Brüssel. In Gedanken sah er schon Heerscharen von Arbeitskräften, die in fernen tropischen Gebieten wie Java, Mauritius und Réunion die neuen Vanille-Kulturen manuell nach seiner Methode befruchteten.

Charles Morren sprach ein Dankgebet, hatte er doch ein wenig Gewissensbisse, da er schließlich in die Schöpfung eingegriffen und sie sogar in gewisser Weise überlistet hatte.

Sorgfältig schloss er die Gewächshaustür, um schnell nach Hause zu eilen. Seine kleine Familie sollte die Entdeckung als erste erfahren. Vielleicht würde sein kleiner Sohn Edouard auch einmal Botaniker werden und seine Forschungsarbeit fortsetzen?

5

Es war ein heißer, schwüler Tag auf der Insel Réunion im Jahr 1841 und ein Gewitter lag in der Luft.

Der Zuckerrohrfarmer Pierre-Henri Philiber saß auf seiner Veranda in Saint André bequem im Schaukelstuhl. Er stand auf und schenkte seinem Nachbarn David de Floris einen selbst gebrannten Rum ein. Sie strahlten sich an und ließen die Gläser klingen. Eigentlich war es ja nicht ihr Erfolg, sondern der des jungen schwarzen Sklaven Edmond. Sage und schreibe 60 Kilogramm Gewürzvanille waren das Ergebnis ihrer erfolgreichen Ernte!

Der kleine Edmond hatte fingerfertig diese Methode in der Praxis entwickelt und umgesetzt und Hunderte von Vanilleblüten mit einem Bambusdorn befruchtet.

Hinter Ihnen lagen Jahrzehnte vergeblicher Bemühungen. Sie hatten Stecklinge der *Vanilla Planifola* aus Mexiko mitgebracht, sie im tropischen Klima der Insel, die mitten im Indischen Ozean lag, wachsen lassen und zum Blühen gebracht. Dabei mussten sie häufig mit den Wetterbedingungen kämpfen und Rückschläge hinnehmen. Fast jährlich traten in der Regenzeit zwischen Dezember und April heftige Orkane auf der Insel auf und richteten bei den Kulturen großen Schaden an.

Aber nie war es zur Fruchtbildung gekommen und sie wollten schon ihre Bemühungen aufgeben. Dabei waren sie nicht die ersten mit Anpflanzungsversuchen von Vanille auf der Insel, aber sie waren die ersten, die Erfolg hatten. Bereits 1819 hatte der „botaniste-cultivateur“ am Jardin des Plantes in Paris Perrottet im Auftrag der französischen Regierung Vanille-Pflänzlinge mit der Gabare „Le Rhone“ unter Kapitän Philibert nach Réunion gebracht. Sie wurden im „Jardin de la naturalisation“ angepflanzt und gediehen durchaus gut, aber Früchte haben sie nie getragen. Es stellte sich auch heraus, dass es wohl nicht die Stammpflanze der mexikanischen Vanille, sondern eine verwandte Art, nämlich die *Vanilla Pompona* war.

Als Zuckerrohrfarmer hatten sie sich gute Gewinne mit der Vanille versprochen.

Seit einigen Jahren waren Gerüchte aus Europa zu hören, dass es im Gewächshaus gelungen sei, einige Vanilleblüten manuell zu befruchten. Man sprach auch davon, dass außerhalb von Mexiko die spezielle Bienenart zur natürlichen Befruchtung fehlt.

So hatten sie den kleinen Edmond zu den Vanilleblüten geschickt, der schon am frühen Morgen, wenn die Blüten sich für kurze Zeit öffneten, mit einem Bambusdorn auf die Bäume kletterte.

Er war Tag für Tag so eifrig bei seinen Blüten, dass man ihm schon nach kurzer Zeit wegen der weißlichen Blütenfarbe den Namen Albius gab.

Als sich dann plötzlich die ersten grünen Früchte zeigten, führten die Farmer einen Freudentanz auf und umarmten Edmond. Tag für Tag kontrolierte man die Kulturen und als die Gelbfärbung der Schoten auftrat, begann die Ernte.

David:

„Ich finde, wir sollten die Aufbereitung der Gewürzvanille nach der mexikanischen Methode vornehmen.“

„Unbedingt, jetzt keine Experimente, wir müssen erst einmal Fuß fassen. Später können wir immer noch andere Wege, zum Beispiel durch Einsatz von Heisswasser gehen“, meinte Pierre-Henri.

„Seit 300 Jahren besitzen die Spanier ein Gewürzmonopol auf die Vanillepflanze in Mexiko, „sagte Pierre-Henri, „jetzt sind wir dabei, dieses zu brechen. Wie können wir diesen Erfolg dem kleinen Edmond nur danken?“

„Ich habe da eine Idee, wir sollten dem Sklaven die Freiheit geben, denk darüber einmal nach, „ antwortete David und genehmigte sich einen ordentlichen Schluck Rum.

Er schaute ins Glas und grübelte. Man sollte aus dem guten Rum in Zukunft auch einen schmackhaften Vanillelikör herstellen.

6

Wilhelm Kubel war im Jahr 1865 Student der Chemie und Pharmazie am Collegium Carolinum in Braunschweig und träumte in letzter Zeit immer öfters davon, in seiner Heimat an der Weser das beschauliche Leben eines Apothekers führen zu können.

Aber bevor er sein Studium abschließen konnte, hatte sein Professor Theodor Hartig von der Abteilung Forstwissenschaft ihm noch eine wissenschaftliche Nuss zu knacken gegeben.

Seit fast einem Jahr hatte er nun experimentiert und geforscht. Er stellte das Becherglas mit den weißen, seidenglänzenden Kristallen in das Licht der Laborlampe. Da hatte sein Professor Theodor Hartig eine seltsame Substanz aus dem Fichtensaft isoliert und ihm zur weiteren Untersuchung anvertraut.

Sie stammte ursprünglich aus dem Cambialsaft der Lärche, konnte dann aber auch aus dem Fichtensaft gewonnen werden und Hartig nannte die Verbindung Abietin.

Da Kubel inzwischen aus allen Koniferen über deren Säfte diese Kristalle gewinnen konnte, immerhin ein wichtiger Beitrag seiner Arbeit, schlug er vor, diese Verbindung als Coniferin zu bezeichnen. Was hatte er nicht alles versucht, diese Kristalle zu analysieren und auch zu spalten. Mit Säuren und Basen hatte er sie erhitzt und dann geschah etwas Seltsames:

Es stiegen Düfte auf voller Aroma, es war der Duft, der ihm vertraut war von der Vanille. Den Zuckercharakter hatte er noch erkannt, Coniferin war somit ein Glucosid und auch die Elementaranalyse lieferte ihm die Elemente Kohlenstoff, Wasserstoff und Sauerstoff.

Doch nun kam er nicht mehr weiter, was bei der Spaltung im einzeln passierte, blieb für ihn ein Rätsel.

Jetzt würde er gern den Stab weitergeben an qualifizierte Forscher und sich auf den Weg machen zu seiner Apotheke, vielleicht am Marktplatz in Holzminden und sich freuen über lange Spaziergänge am Weserufer. Er hatte auch schon jemanden im Auge, seinen jüngeren Kommilitonen in der Pharmazie, Ferdinand Tiemann. Der wollte sogar noch zusätzlich Chemie studieren und hatte eine besonders hübsche Schwester Bertha, für ihn ein wichtiges Argument, den Kontakt zu pflegen.

7

Wilhelm Haarmann besuchte gern das Gymnasium in seinem Heimatort Holzminden an der Weser. Besonders der Chemieunterricht hatte es ihm gemeinsam mit seinem Mitschüler Pockels angetan, gab es doch dort bei den Experimenten immer etwas zu beobachten, etwas zu Riechen und manchmal auch zu Schmecken.

Als Vorbild galt auch ein berühmter ehemaliger Schüler des Gymnasiums, ihm wollte er gern nacheifern. Inzwischen war Robert Bunsen Chemiker und Professor geworden und hatte schließlich den Bunsen-Brenner entwickelt. Zusammen mit dem Physiker Kirchhoff war ihm sogar die Entwicklung der Spektralanalyse gelungen, mit deren Hilfe man neue Elemente entdecken konnte.

Ja, er wollte gern Chemiker werden. Sollte doch sein Bruder Otto das Geschäft mit dem Steinhandel übernehmen, das sein Vater als Oberkommissair führte.

Ein Chemiestudium würde ihn auch hinausführen aus dem beschaulichen Holzminden mit seinen nur 4000 Einwohnern, da gab es Göttingen, Braunschweig oder sogar Berlin.

Was ihn antrieb, war die Neugier eines jungen Mannes auf neue Begegnungen, andere Orte und überhaupt ein wenig Abenteuer. Dabei konnte er zurückblicken auf eine glückliche Kindheit in dem kleinen Weserstädtchen.

Sein Geburtshaus, in dem er am 24. Mai 1847 das Licht der Welt erblickt hatte, lag direkt an der Anlegestelle für die Flussfähre. Deshalb nannte man es auch „Fährhaus"

Die Entscheidung zum Aufbruch fiel schon bald im Jahr 1866. Sein erstes Ziel war allerdings wieder ein Provinznest, nämlich Clausthal im Harz. Das Studium an der dortigen Bergakademie ging Wilhelm jetzt recht locker an, ihm war es wichtig, die neue Freiheit zu genießen und viel Zeit mit den anderen Studenten zu verbringen. So verging ein vergnügliches Jahr wie im Fluge, doch Wilhelm musste schließlich feststellen, dass die wissenschaftliche Ausbeute recht gering ausfiel. So konnte es nicht weitergehen! Wie sollte aus ihm ein Forscher werden wie Robert Bunsen? Auch brauchte er ganz andere Lehrer, die ihn nicht nur fordern, sondern auch mitreißen würden. Da gab es doch die berühmte Universität in Göttingen, dort wollte er nun hin. Die Eltern waren einverstanden, schließlich lag Göttingen ja quasi vor der Tür. Voller Eifer wechselte Wilhelm den Studienort und war sehr gespannt auf den berühmten Professor Friedrich Wöhler, schon im Gymnasium hatte er von ihm gehört und auch von seiner aufregenden Synthese gelesen. Unvergessen waren ihm dessen Zeilen an seinen Lehrmeister Berzelius in Stockholm:

„Ich kann Harnstoff machen, ohne dazu Nieren oder überhaupt ein Thier, sey es Mensch oder Hund, nöthig zu haben. Es bedurfte nun weiter Nichts als einer vergleichenden Untersuchung mit Pisse-Harnstoff, den ich in jeder Hinsicht selbst gemacht hatte, und dem Cyan-Harnstoff."

Das hatte ihm schon immer imponiert, eine enorme Leistung! Ein Naturstoff, in diesem Fall Harnstoff, wurde künstlich im Reagenzglas aus Cyansäure hergestellt, was für ein Triumpf der Wissenschaft. Und die deftigen Worte, welche dieser berühmte Wissenschaftler wählte, das imponierte dem jungen Haarmann ungemein.

Doch Wöhler war der Erfolg nicht zu Kopf gestiegen, ja direkt bescheiden wirkte er auf seine Studenten. Wie überrascht war Wilhelm, als Wöhler, der ja immerhin auch auf dem Gebiet der Metalle mit der Darstellung von Aluminium Aufmerksamkeit erweckt hatte, ihm im Praktikum das Experimentieren mit dem Edelmetall Platin anvertraute. Er wollte ihn auf keinen Fall enttäuschen und von Experiment zu Experiment stellte sich so mancher schöne Erfolg ein. Vor allem merkte Wilhelm zunehmend, dass hier seine Begabung schlummerte. Allerdings fühlte er sich immer mehr angezogen von der Chemie der belebten Natur, von der Chemie der Kohlenstoff-Verbindungen, von den Verbindungen des Benzols. Gerade kürzlich hatte August Kekulé von der Universität in Bonn die ringförmige Struktur des Benzols vorgestellt. Aber eigentlich interessierte er sich am meisten für den Naturstoff Holz, vielleicht auch deshalb, weil schon Generationen seiner Vorfahren Förster in den Fichtenwäldern seiner Heimat im Weserbergland waren, von deren Wirken abenteuerliche Geschichten mit Wilddieben und Schießereien überliefert wurden. Er hatte auch schon von interessanten chemischen Untersuchungen des Holzes durch einen Forstwissenschaftler gehört, vielleicht konnte er demnächst als angehender Chemiker hier ansetzen. Er müsste sich halt mehr der organischen Chemie zuwenden, da gab es doch die Kapazität an der Friedrich-Wilhelms-Universität in Berlin, nämlich August Wilhelm Hofmann, dort könnte er seinen Lehrmeister finden.

8

August Wilhelm Hofmann ließ sich in seinen Bürosessel fallen und gähnte herzhaft. Er hatte wieder zu wenig Schlaf gehabt, die halbe Nacht in seinem Laboratorium verbracht und sich intensiv mit dem violetten Farbstoff Triethylrosanilin beschäftigt. Dabei war es Frühling in Berlin, man zählte das Jahr 1869 und das schöne Wetter lockte die Leute zum Flanieren auf den Alleen oder in den Grunewald.

Er dachte zurück an seine Zeit in London, wohin ihn der Prinzgemahl Albert nach einer Empfehlung Liebigs gelockt hatte, und er zu höchsten Ehren kam.

Das College of Chemistry durfte er in London gründen, und die junge Königin Victoria besuchte häufig seine Vorträge, sie war es auch, die schließlich durchsetzte, dass er geadelt wurde. Er kam wohl gut an bei den jungen Frauen, doch jetzt fühlte er sich sehr einsam, und er wurde traurig bei dem Gedanken an sein verlorenes Glück. Warum nur hatte er seine Helene nach London geholt, das feuchte Klima mit dem ständigen Nebel hatte ihre Gesundheit ruiniert, sie musste nach Darmstadt zurück, der Gesundheit wegen. Aber alles war zu spät, sie wurde nicht wieder gesund und er konnte wegen des Frühschiffes nach Calais noch nicht einmal rechtzeitig an ihrem Sterbebett sein.

Jetzt war er schon seit fünf Jahren hier in Berlin an der Friedrich-Wilhelms-Universität und führte seine Vorlesungen und Forschungen im Chemischen Institut in der Georgenstraße durch.

Heute waren ihm zwei hoffnungsvolle Studenten aus dem Harz-Weser-Raum mit Empfehlungen von Knapp und Wöhler angekündigt worden.

Es dauerte nicht lange, und der Labordiener brachte zwei schüchterne junge Männer aus der Provinz in sein Arbeitszimmer. Sie hielten verlegen ihren Strohhut in der Hand und fragten an, ob der Herr Professor einen Laborplatz gewähren könne, man sei Tag und Nacht zur Arbeit bereit, auch hätten sie eine interessante Substanz mit dem Namen Coniferin im Gepäck, vielleicht dürfe man neben den Gebiet der Farbstoffe auch diese Verbindung bearbeiten?

Der jüngere der beiden mit Namen Tiemann beeindruckte ihn durch sein gepflegtes Aussehen, der ältere mit Namen Haarmann durch seinen hellen freundlichen Blick.

Es imponierte ihm auch, dass sie bereits ein chemisches Rätsel mitbrachten.

Und auf die Empfehlungsschreiben seiner Gelehrtenfreunde konnte er sich immer verlassen.

So bewilligte er spontan zwei Laborplätze und bat seinen Labordiener, die beiden Assistenten einzuweisen.

Wilhelm machte sich gleich am nächsten Tag an die Arbeit und inspizierte gründlich seinen Arbeitsplatz. Er fertigte eine Inventarliste seiner Glasgeräte an und empfing einen Laborkittel nebst Schutzbrille.

Außerdem besuchte er die erste Vorlesung in Organischer Chemie bei Hofmann. Er bewunderte seine Rhetorik und sein Fachwissen und schrieb fleißig mit.

Mit seinem Landsmann Tiemann, der aus Braunschweig stammte, kam er gut zurecht, ja man merkte, die Chemie stimmte zwischen den beiden.

Während Tiemann in einer winzigen Assistentenwohnung in Hofmanns Laboratorium Unterschlupf fand, wohnte Wilhelm bei der Witwe Becker zur Untermiete. Er teilte sich mit der Wirtin ein Badezimmer, und morgens brachte sie ihm auf dem Tablett das Frühstück mit heißem Tee.

Gleich am ersten Abend fragte Tiemann:

„Wie wäre es mit einem gemeinsamen Bier in der nächsten Eckkneipe und einer zünftigen Boulette?“

Er wusste, dass sein Kamerad aus dem Weserbergland gut betucht war und aus einer gutbürgerlichen Familie stammte. Wilhelms Vater handelte mit Wesersandsteinen, in die ganze Welt wurden sie als Ballast in den Schiffen verfrachtet, und hatten der Familie einen gewissen Wohlstand gebracht. Sie konnten es sich leisten, ihrem Wilhelm einen ordentlichen monatlichen Wechsel mit auf den Weg zu geben.

Prompt erwiderte Wilhelm:

„Ich lade Dich ein, Kamerad, wir können ruhig einen über den Durst trinken, es gibt so viel zu besprechen, wir wollen schließlich die chemische Welt aus den Angeln heben.“

„Ich möchte mich eigentlich ganz der Wissenschaft widmen“, sagte Tiemann.

„Und ich träume davon, mal eine Entdeckung zu machen und diese dann in der Praxis umzusetzen“, sagte Wilhelm dann beim Bier.

„Eigentlich würden wir beide uns ja gut ergänzen“, meinte Tiemann.

Wilhelm musste plötzlich an sein Coniferin denken und er war dem Apotheker Kubel unendlich dankbar für seinen Tipp. Instinktiv spürte er, hier musste er zusammen mit Tiemann ansetzen, um das Geheimnis zu lüften.

Nun gut, die kleine Menge Substanz würde für die ersten Experimente schnell verbraucht sein. Aber er würde sich nicht scheuen, selbst in die Wälder aufzubrechen, um

Fichtensaft zu gewinnen. Er wusste zwar noch nicht wie, aber das würde er noch herausbekommen.

Aber zuvor musste er eine Verbindung schaffen zwischen der Wissenschaft und seinen geplanten Laborarbeiten.

In Göttingen war ihm ja bereits eine Promotion angeboten worden aufgrund seiner guten Leistungen dort, er sollte jetzt schleunigst ein Thema für seine Doktorarbeit vereinbaren.

Nach Rücksprache mit Hofmann machte er sich gleich am nächsten Tag auf den Weg zur philosophischen Fakultät der Universität Göttingen.

Wilhelm trug sein Anliegen vor, fand großes Interesse und konnte Professor Weber als Doktorvater für die Forschungsarbeiten über Coniferin und Salicin gewinnen.

Sein Coniferin konnte er ins Spiel bringen, und das Thema Salicin musste er halt schlucken.

Aber eigentlich war das überhaupt kein Problem, handelte es sich hier doch auch um einen Naturstoff, denn Salicin kam als Glucosid in den Blättern der Silberweide vor und bildete die Vorstufe für die Salicylsäure.

Die ersten vier Wochen in Hofmanns Laboratorium waren wie im Fluge vergangen und Wilhelm sehnte sich langsam nach etwas Abwechslung nach getaner Laborarbeit, als Tiemann für eine Überraschung sorgte.

„Am Wochenende kommt meine Schwester Bertha aus Braunschweig zu Besuch, wir könnten ja zu dritt eine Landpartie machen, wenn du einverstanden bist," sagte er zu Wilhelm. Wilhelm wurde rot bis hinter die Ohren, in solchen Dingen war er nicht geübt. Wie kam er raus aus dieser Nummer, er war doch Forscher und kein Reiseführrer. Auf der anderen Seite, etwas Abwechslung täte ihm gut.

So sagte er zu und ging mit klopfendem Herzen am Wochenende zum Treffpunkt mit den Geschwistern Tiemann.

Bertha hatte helle Augen und Grübchen in den Wangen, Wilhelm trug artig den Picknick-Korb und man fuhr gemeinsam mit der Pferdedroschke zum Wannsee. Es wurde ein unbeschwerter Nachmittag, man lag auf dem Rücken und schaute in den blauen Himmel, irgendwo in der Ferne erklang eine Melodie voller Wehmut, gespielt auf einer Ziehharmonika. Wilhelm schaute oft zu Bertha, es ließ sich nicht vermeiden. Nach der Rückkehr wurde er ganz nachdenklich. Er musste daran denken, dass Bertha wie zufällig gelegentlich seine Hand berührt hatte. Er wusste im Nachhinein auch nicht mehr, was ihn bewogen hatte, ihr von seinen Forschungsplänen zu berichten. Beim Erwähnen des Vanilleduftes leuchteten ihre Augen, und sie bestärkte ihn, alles daran zu setzen, diesen aufzuklären und zu forschen, zu forschen und noch einmal zu forschen. Wilhelm bekam eine Gänsehaut und feuchte Hände, mit dieser leidenschaftlichen Ermunterung hatte er nicht gerechnet.

Schon am Montag darauf stürzte er sich wie besessen in seine Laborarbeit und vermied, Fragen über Bertha seinem Kollegen und Freund Tiemann zu stellen. Diese weilte noch einige Zeit in Berlin bei ihrem Bruder, am Rande bekam Wilhelm schon mit, dass sie auch die Bekanntschaft mit seinem berühmten Professor Hofmann machte, der seit einiger Zeit Witwer war.

Wilhelm dachte an seine Doktorarbeit und verfolgte eine Doppelstrategie: Zunächst stellte er zahlreiche Versuche mit Salicin an und fast parallel dazu kümmerte er sich um das Coniferin, doch die geringe von Kubel erhaltene Menge wurde schnell verbraucht.

Ununterbrochen zerbrach sich Wilhelm den Kopf, wie er für Nachschub sorgen konnte. Woher das Geld nehmen für die Ernte von Fichtensaft in den Wäldern, ein sicherlich aufwendiger Prozess!

„Wenn Du der Natur auf die Schliche kommen willst, musst Du Dich an der Gewürzvanille orientieren," regte Tiemann an, „das aromatische Prinzip, also der typische Vanille-Duft ist ja bekanntermaßen auf den Hauptinhaltsstoff, das Vanillin, zurückzuführen."

Wilhelm besorgte sich alles an Forschungsergebnissen, was bislang über Vanillin bekannt war.

Schon früh hatten Gewürzhändler und Farmer an der Oberfläche der schokoladebraunen Vanilleschoten feine Kristalle entdeckt und es entstand die Bezeichnung Eisvanille. Diese verspricht die höchste Qualität, ähnlich wie der Weinstein beim Wein.

Bereits Anfang des 19. Jahrhunderts interessierten sich Chemiker für die Kristalle und entwickelten den Ehrgeiz, als erste die Formel zu entdecken.

Der französische Chemiker Nicolas-Theodore Gobley hatte sich Bourbon-Vanille aus den französischen Anbaugebieten in Übersee besorgt und bereits vor 11 Jahren umfangreiche Experimente mit den Kristallen angestellt und auch den Namen Vanillin kreiert, wie Wilhelm recherchieren konnte. Mit den Kristallen hatte er sogar eine Elementaranalyse durchgeführt, die zu einer Summenformel führte, die allerdings in Wilhelms Augen noch zu beweisen war, da war er eher skeptisch.

Dieser Naturstoff mit der Bezeichnung Vanillin und dem wundervollen Aroma der Gewürzvanille, die man für viel Geld beim Gewürzhändler kaufen konnte, musste in einer ihm noch unbekannten Art und Weise in dem Coniferin bzw. dem Fichtensaft enthalten sein, da war er ganz sicher. Schließlich gab das Auftreten des Vanillegeruches beim Experimentieren mit chemischen Substanzen einen deutlichen Hinweis.

Wilhelm war mit Leib und Seele Forscher, doch ließen ihn die politischen und weltbewegenden Strömungen um ihn herum nicht unbeeinflusst, ja, sie drohten ihn sogar in den Strudel der Ereignisse hineinzuziehen. Er war durchaus ein politischer Mensch und ein großer Bismarck-Verehrer, und die Sticheleien und Schachzüge des französischen Kaisers Napoleon III. ließen ihn nicht kalt. Wie alle seine Kameraden fühlte er sich als Patriot und liebte sein Vaterland.

9

Die Zeitungsboten des Berliner Tageblatts schrien es am 19. Juli 1870 in alle Himmelsrichtungen. Frankreich hat Preußen den Krieg erklärt, ausgelöst durch die Einmischung Frankreichs bei der der spanischen Thronfolge und als Reaktion auf die Emser Depesche.

Die Empörung darüber war riesig bei Wilhelm und all seinen Kommilitonen, ja in der gesamten Bevölkerung.

Für Wilhelm war klar, Forschung hin und Doktorarbeit her, jetzt hatte das Vaterland Vorrang.

Bereits zwei Tage nach der Kriegserklärung traf sein Bruder August aus Holzminden in Berlin ein, zu ihrem Glück und wurden noch im letzten Moment als Einjährig-Freiwillige bei dem Königlich Preußischen Gardefüsilier-Regiment angenommen.

Es hatten sich bereits 700 gemeldet, so dass kurz nach ihnen die letzten wegen Überfüllung abgewiesen wurden.

Gleichzeitig mit ihnen hatte es auch noch der Vetter Froböse geschafft, in derselben Kompanie unterzukommen wie die beiden Brüder.

Auch sein Freund Tiemann hatte sein Labortätigkeit abgebrochen und war voller Elan als Vicefeldwebel beim Braunschweiger Regiment 92 eingetreten.

Wann würde man sich wohl wiedersehen?

Unter dem Motto *Mit Gott für König und Vaterland* zogen sie in die Kaserne, gleich am nächsten Morgen begann für sie die Vorbereitung für den Kriegseinsatz mit dem Exerzieren unter dem Kommandeur und Hauptmann von Schlüter. Sie brannten vor Ungeduld, endlich ins Feld zu kommen, mussten aber noch vier Wochen überstehen, um dann endlich ausexerziert zu sein.

In einem langen Brief hatte Wilhelm seinen Eltern erklärt, warum er sein Studium unterbrochen hatte und endete mit dem Wunsch: „Möge Euch Gott in dieser schweren Zeit immer beschützen und behüten! Wenn wir nur erst am Rhein wären.“ Für ein Jahr wollte er nur ein tüchtiger Soldat sein, um dann mit aller Kraft seine Studien fortzusetzen.

Am 29. August ging es endlich um 12 Uhr bei strömendem Regen am Bahnhof los!

Die Bevölkerung nahm regen Anteil, so gab es in Potsdam Kaffee und Kuchen und in Magdeburg Butterbrote und Bier.

In Hannover dagegen morgens um 8 Uhr war die Begrüßung eher kühl wie das Wetter.

In Minden beeindruckten Wilhelm die Porta Westfalica und in Bielefeld war er angetan von der hübschen Lage am Teutoburger Wald.

In Gütersloh wurden die Soldaten wieder gut bewirtet durch aufmerksame Damen und in Hamm ging es mit dem Kochgeschirr zu Trögen voll Brei zur allgemeinen „Abfütterung“ .

In Dortmund sah Wilhelm in der folgenden Nacht um 2 Uhr zu den mächtigen Rauchschloten empor und in Essen gab es die große Fabriken zu bestaunen.

Am nächsten Tag genoß Wilhelm die Zugfahrt am Rhein entlang mit seinen romantischen Burgen und konnte in Koblenz einen Blick auf die gewaltige Feste Ehrenbreitstein werfen.

Der Krieg war inzwischen weit fortgeschritten, und die siegreichen deutschen Truppenverbände standen tief in Frankreich.

Endlich gelangte Wilhelm an die Frontlinie südlich von Paris.

Dort bekam er dann unmittelbar mit, dass Napoleon III. am 2. September in der Schlacht von Sedan besiegt und als Gefangener nach Kassel gebracht worden war, doch der Krieg zog sich weiter hin.

In Frankreich war die dritte Republik ausgerufen und damit auch der Widerstand neu entfacht worden.

Mit zermürbendem Vorpostendienst ging der Krieg für Wilhelm weiter, so hatte er sich das nicht vorgestellt.

Im Oktober wurden die Nächte schon empfindlich kalt, zuweilen war er gezwungen auf der nakten Erde zu nächtigen, nur mit seinem Militärmantel bedeckt, das war zuviel für den Sohn aus gutem Hause.

Er entschloss sich, seine Eltern in einem Feldpostbrief um wichtige Dinge zu bitten, die ihm das harte Soldatenleben etwas erleichtern konnten.

Das waren wollene Hemden, Strümpfe, Unterbeinkleider, Leibbinden sowie Schokolade, Tafelbouillon, Zigarren und auch 20 Reichstaler Geld.

Etwas Trost gab ihm die Nähe seines Vetters Froböse im Graben bei Groslay, sie rauchten zusammen Zigarren und vertrieben sich die Nachtdienste mit Gesprächen über die Heimat.

Am 13. November herrschte trübes Herbstwetter und schon den ganzen Tag hatte Wilhelm so ein ungutes Gefühl, er konnte es nicht beschreiben.

Abends bei der Wache sagt er zu Froböse:

„Ich traue den Franctireurs heute nicht über den Weg, immer wieder sind sie für Überraschungen gut, das Granatfeuer ist mir heute zu unregelmäßig, wir sollten auf der Hut sein."

„Gib mir lieber eine Zigarre, ich laß mich nicht nervös machen und denke lieber an mein Mädel in Braunschweig," meinte Froböse.

„Auch ich kenne ein Mädchen mit hellen Augen, es ist die Schwester von Tiemann, es ist aber nur so ein Gedanke...," antwortete Wilhelm.

„Was hat man uns doch hier in letzter Zeit gequält beim Vorpostendienst mit Alarmsignalen, Ausrücken, Exerzieren, Putzen usw., alle sehnen sich so recht nach Hause, dass wir aber wohl bis Februar hier bleiben werden, damit hat sich fast jeder abgefunden."

Wilhelm stockte der Atem, das plötzliche Geräusch war so dumpf und doch unmittelbar, der Anblick grauenhaft. Er sah nur Blut, überall Blut und ein Stück Kopf und vor sich ein Rest Zigarre glimmen. Es war so unwirklich, er schrie es heraus in den Graben, wo eben sein Vetter noch war.

Nur mühsam konnte sich Wilhelm in den folgenden Tagen von diesem Schock erholen, ein ständiges Zittern hatte sich eingestellt und schreckliche Albträume verfolgten ihn im Schlaf.

Und dann stellte sich Wut ein auf den Kriegsgegner sowie Genugtuung über die Aufnahme des deutschen Bombardements, und er fragte sich mit Erstaunen, was mit ihm los sei.

Ihm ging tatsächlich das Herz auf beim Kanonendonner der eigenen Kompanie, wie oft hatten sie danach verlangt, gleichzeitig jedoch war er erschrocken über sich selbst, wie konnte er froh sein über das Leiden anderer?

Doch er dachte an die lange Belagerung mit ihren oft unnützen Ausfällen. Konnte nicht auch ein rascher Sieg die Abkürzung aller Leiden auf beiden Seiten bedeuten?

Trotz Kriegsende und Kaiserproklamation von Wilhelm I von Preussen zu Versailles am 18. Januar 1871 wurden nicht alle deutschen Truppen abgezogen, und Wilhelm musste weiterhin seinen anstrengenden Dienst als Einquartierter in Paris leisten.

Seine Kriegseuphorie war längst vergangen, besonders nachdem sein Vetter neben ihm im Graben durch eine Granate zerfetzt wurde.

Hinzu kamen die ständigen Strapazen, denn seine Vorgesetzten gönnten den erschöpften Soldaten keine Ruhepausen. Ständig mussten sie exerzieren und mit vollem Gepäck anstrengende Übungsmärsche in die Umgebung machen.

Durch die Bildung der *Dritten Republik* wurde der Krieg fortgesetzt, und die Resttruppe musste sich mit den Aufständen der Franzosen und das damit verbundene Elend der Bevölkerung auseinandersetzen.

Wilhelm konnte nicht leugnen, dass bei ihm ein gewisses Verständnis für den Kriegsgegner aufkam, ja, er empfand Mitleid mit den in seinen Augen irregeleiteten Parisern. Besonders in Versailles soll schrecklich gemordet worden sein, es gab eine Explosion nach der anderen und halb Paris lag in Schutt und Asche. Wenn doch dieses unnötige Morden endlich aufhören würde!

So zog sich die Zeit endlos hin und Wilhelm sehnte sich nach seinem Arbeitsplatz in Berlin. Was hätte er inzwischen alles über die Vanille erforschen können, oft sah er in seinen Träumen die Gewürzvanille vor sich, wie sie reifte und sich bei Sonne und Hitze in die schokoladenfarbigen Schoten verwandelte, die dann ihr charakteristisches Aroma entwickelten.

Wie war es wohl seinem Freund Tiemann ergangen, hatte er den Krieg unbeschadet überstanden?

Bis zum Frühjahr 1871 musste Wilhelm noch in Paris ausharren, Anfang Mai war es dann soweit und sein Kriegsabenteuer war überstanden.

Im Hotel Schwan in Frankfurt war am 10. Mai der Friedensvertrag mit Frankreich ausgehandelt worden. Alles hatte der von Wilhelm nach wie vor verehrte Bismarck erreicht. Allerdings wurde der Vertrag von Frankreich als Demütigung empfunden.

Trotz aller zum Teil schrecklichen Kriegserlebnisse bewunderte er Bismarck dafür, wie geschickt er doch die süddeutschen Staaten in den Bundesstaat Norddeutschland eingebunden hatte, um am 1. Januar 1871 das Deutsche Reich zu schaffen.

Auch die Proklamation von Wilhelm I im Spiegelsaal des Schlosses in Versailles zum Kaiser erfüllte Wilhelm mit Stolz, das konnte er nicht leugnen.

Am 15. Mai kam der ersehnte Befehl zum Rückzug seiner Einheit nach Berlin. Wilhelm war fast trunken vor Freude und der Rücktransport ging ihm nicht schnell genug. Mit seinen Entlassungspapieren im Gepäck eilte er von Berlin nach Holzminden zu seinen Eltern. Er fühlte sich ausgebrannt und leer und wollte nur schlafen, schlafen und noch einmal schlafen, ein wenig durch die Wälder im Solling streifen und am Weserfluss sitzen.

Er musste an Wilhelm Raabe denken, den Heimtdichter aus der Nachbarschaft. Wie treffend hatte dieser in seinen Texten zum Ausdruck gebracht, wie stetig das Wasser zum Meer strebt, wie die Natur ihren konstanten aber auch wechselhaften Verlauf vollzieht, unabhängig vom Tagesgeschehen und heftigen Auseinandersetzungen der Menschen sowie vom Kriegsgeschrei.

Nur langsam legte sich bei Wilhelm die innere Anspannung, sein Zittern liess nach und seine nächtlichen Albträume verschwanden weitgehend. Wie wohltuend waren für ihn Ablenkungen wie Familienfeste und Besuche bei Verwandten und Freunden.

10

Nach den schrecklichen Kriegserlebnissen regte sich allmählich bei Wilhelm der Gedanke an Berlin, wie mag es seinem Freund Tiemann im Krieg ergangen sein? Da gab es doch ein Mädchen mit hellen Augen, die ihn ermuntert hatte, zu forschen und zu forschen!

Plötzlich war alles wieder gegenwärtig, voller Unruhe packte er im Frühjahr 1872 seinen Koffer und eilte zur Bahnstation. Jetzt hielt ihn nichts mehr auf, die Welt gehörte der Wissenschaft!

Im Chemischen Institut war dann die Überraschung groß, Tiemann sah zwar auch etwas mitgenommen aus, war aber ansonsten guter Dinge.

„Lass uns das letzte Jahr ausblenden, wir müssen kein Vaterland mehr retten", sagte Tiemann.

„Wir sollten Wichtigeres tun, als im Schützengraben zu liegen", meinte darauf Wilhelm.

Von früh morgens bis spät in die Nacht war das Laboratorium von Professor Hofmann in der Universität jetzt Wilhelms Zuhause, und er begann mit seiner Suche im Reagenzglas.

Die Löslichkeit von Coniferin in kaltem Wasser war nur mäßig, ließ sich beim Erhitzen steigern, in Alkohol war sie dagegen gut, im Gegensatz zu Äther.

Die wäßrige Lösung schmeckte bitter.

Mit konzentrierter Schwefelsäure färbte sich Coniferin dunkel violett, nach Zusatz von Wasser ergab sich ein Niederschlag und die Lösung erschien indigoblau.

Tag für Tag führte Wilhelm Analysen und diverse Reaktionen durch.

Wo blieb der erwartete Vanille-Geruch?

War alles verborgen in einem natürlichen Zucker wie beim Salicin?

Ein Spaltprodukt war vielleicht die Lösung?

Neben Zucker würde er vielleicht ein neues Produkt finden, welches er untersuchen könnte.

Wilhelm zerbrach sich den Kopf. Wie spaltet man einen Zucker bzw. ein Glykosid?

Zwei Möglichkeiten boten sich an, entweder eine Säurespaltung oder ein Gärprozeß!

Da gab es doch das Emulsin nach der Methode von Bull und Ortloff zubereitet! Wilhelm ließ es gären, zwölf Stunden lang bei 30 Grad.

Am nächsten Morgen stürmte er ins Labor und staunte nicht schlecht:

Weiße Kristalle waren ausgeschieden!

Der Zucker zeigte sich, denn die Lösung schmeckte süß und war durch eine Reaktion mit Fehlingscher Lösung schnell nachzuweisen!

Da die Kristalle sich gut in Äther lösten, konnte Wilhelm sie durch Ausschütteln abtrennen.

Nach dem Abdampfen blieben feine weiße Kristalle mit einem Schmelzpunkt von 72 Grad zurück.

Wilhelm ahnte jetzt, dass er seinem Ziel recht nahe war.

Es handelte sich dabei um ein Vorprodukt, nur ein kleiner Schritt - nämlich eine Oxidation - läßt daraus das Vanillin entstehen.

Sein Freund Tiemann konnte wenig später mit Wilhelm das Vorprodukt identifizieren.

Doch Wilhelm gab so kurz vor dem Ziel nicht auf.

Die geringen Mengen zwangen zu einem Ausweg: Warum sollte man es nicht mit einer Säurespaltung und gleichzeitiger Oxidation versuchen?

Wilhelm versetzte Coniferin mit Schwefelsäure und Kaliumdichromat und zeigte sich beeindruckt, als die Reaktion heftig einsetzte.

Es brodelte und zischte und erhitzte sich.

Zur Trennung versuchte er es mit einer Destillation, und zu seiner Überraschung bekam er aus der gefärbten Lösung ein wasserhelles, klares Destillat und auch ein aromatischer Duft lag in der Luft!

Jetzt brauchte Wilhelm viel Geduld mit dem Destillat, Tag für Tag und frei nach Goethe ließ er kristallisieren, wie es im Faust heißt, zumindest stellte er sich dieses Wachsen von Kristallen so vor.

An jedem Morgen eilte er voller Unruhe ins Labor, doch die Lösung war jedes Mal unverändert klar.

Am 20. Tag wollte er etwas probieren, Tiemann hatte von Impfkristallen gesprochen, das sei eine gute Methode, um nachzuhelfen.

Doch als er voller Tatendrang ins Labor stürmte, war das Wunder perfekt:

Feine weiße Nadeln zeigten sich am Boden des Becherglases!

Und beim Abfiltrieren war der Vanilleduft plötzlich da!

Heureka![1]

Der Geruchsprobe nach zu urteilen, war tatsächlich zum ersten Mal das Vanillin der Gewürzvanille im Reagenzglas erzeugt worden!

Doch jetzt galt es zusammen mit Tiemann den wissenschaftlichen Beweis anzutreten.

---

1 grch. „ich hab's gefunden", Ausruf des Archimedes bei der Entdeckung des Gesetzes vom spez. Gewicht

Der Schmelzpunkt lag bei 81 Grad und die Elementaranalyse ergab jeweils acht Atome Kohlenstoff und Wasserstoff sowie drei Atome Sauerstoff.

Doch für weitere wichtige Versuche im Hinblick auf die Struktur fehlte ihm zusätzliches Material. Das vom Apotheker Kubel überlassene Coniferin war total aufgebraucht worden.

Nun musste Wilhelm selbst die Initiative ergreifen und in die Fichtenwälder gehen, um Fichtensaft zu gewinnen und im Labor aufzuarbeiten.

Wie gut, dass sein Vater Gustav als Administrator der Sollinger Steinbrüche gute Beziehungen zu Förstern hatte und auch finanziell eine Unterstützung geben konnte.

Wilhelm machte sich auf den Weg nach Holzminden und ließ sich noch ein paar Tipps von Wilhelm Kubel zur Technik der Gewinnung geben.

Auf einer Lichtung im Solling lagen reichlich frisch gefällte Fichten, und mit Hilfe von einigen angeheuerten Hilfskräften machte sich Wilhelm an die Arbeit.

Zunächst mussten die Stämme entrindet werden, um an das Cambium zu gelangen.

Danach wurde durch mühsames Schaben mit Glasscherben und Auspressen der Saft gewonnen und in Eimern aufgefangen.

Am Nachmittag wurde dann auf der Lichtung ein Lagerfeuer entfacht, um den Saft in einem Kessel einzudicken, zu filtrieren und das Roh-Coniferin als kristallinen Stoff zu gewinnen.

Stolz konnte Wilhelm nach Berlin zurückkehren, immerhin gut zwei Kilogramm Coniferin hatte er in der Tasche.

Damit war er in der Lage, nach seiner Methode weiteres Vanillin herzustellen und mit der Erforschung der Struktur zu beginnen.

Zum Vergleich bot sich das aus der Schote durch Extraktion gewonnene Vanillin an. Dieses war ja bereits zu enormen Preisen im Handel und kostete mit 10 Mark pro Gramm mehr als Gold.

Was für gute Geschäftsaussichten, wenn es ihm gelänge, auch sein Vanillin zu vermarkten!

Zusammen mit Tiemann entwickelte er zunächst eine technische Methode, um den Anteil Vanillin in der Gewürzvanille bestimmen zu können. Dabei wurde das Vanillin mit Äther extrahiert, mit einer Salzlösung ausgeschüttelt und angesäuert.

Bei einer Bourbonvanille fanden sie 1,69 und bei einer hochwertigen mexikanischen Vanille sogar 2,75 Prozent Vanillin.

„Welche Struktur verbirgt sich hinter der Substanz Vanillin, wie sind die acht Kohlenstoffatome miteinander verknüpft, was meinst Du?“ fragte Wilhelm, als sie zu später Stunde im Laboratorium eine kleine Pause einlegten.

„Ich glaube an eine Ringstruktur ähnlich wie Benzol, der Sauerstoff befindet sich wohl in Seitenketten.“

„Ich habe schon gewisse Vorstellungen über diese funktionellen Gruppen aufgrund meiner Versuche“, antwortete Wilhelm, „denn die Substanz bildet mit Basen Salze, daraus läßt sich ableiten, dass eine Hydroxylgruppe vorliegen muss.

Außerdem läßt sich mit einer Jodverbindung noch eine andere Gruppe nachweisen.

Die reduzierenden Eigenschaften schließlich deuten auf eine Aldehydgruppe hin, die häufig bei Aromastoffen anzutreffen ist."

„Aber wo sitzen diese drei Gruppen am Benzolring, wenn wir das wüßten, hätten wir die Struktur aufgeklärt."

„Ich habe da so eine Idee", meinte Wilhelm, „der Schlüssel liegt meiner Meinung bei einer bereits erforschten Substanz, die in ihrer Struktur ähnlich dem Vanillin aufgebaut ist. Es handelt sich dabei um eine Säure, dort sitzen die drei Seitengruppen in 1-, 3- und 4-Stellung am Benzolring."

„Aber dort sind ja doch zwei Seitengruppen ganz anderer Natur."

„Ja, das ist richtig, aber man könnte doch beim Vanillin sowohl die Aldehyd- als auch die Methoxygruppe chemisch umwandeln, um dann zu schauen, was dabei herauskommt?"

„Das ist genial", beeilte sich Tiemann zu entgegnen.

Wilhelm begann sofort mit den Versuchen.

Vanillin wurde mit Kaliumhydroxid erhitzt, es setzte eine Gasentwicklung ein, es handelte sich um Wasserstoff, wie es die Knallgasprobe zeigte.

Nach der Weiterverarbeitung ergab sich eine kristalline Substanz mit saurem Charakter.

Die Elementaranalyse lieferte eine Summenformel mit sieben Kohlenstoff-, sechs Wasserstoff- und vier Sauerstoffatomen.

Die Kristalle sind leicht löslich in Alkohol und Äther, schwerlöslich in kaltem und leichter löslich in heißem Wasser.

Die wäßrige Lösung wird durch Eisenchlorid intensiv grün gefärbt, die grüne Farbe der Flüssigkeit geht bei Zusatz von verdünnter Ammoniaklösung zunächst in eine blaue und dann in eine rote Farbe über.

Silbersalze werden bei Normaltemperatur erst nach längerer Zeit, sofort jedoch nach dem Hinzufügen einer geringen Menge Ammoniak reduziert.

„Das ist jetzt der Strukturbeweis", rief Tiemann voller Freude aus, „denn wir sind eindeutig bei der bestimmten Säure angelangt!"

„Also haben wir festgestellt, beim Vanillin sitzen die Seitenketten in 1, 3 und 4-Positionen am Benzolring," jubelte Wilhelm.

Voller Stolz riefen sie am nächsten Morgen ihren Professor ins Laboratorium.

Dieser war wie vom Donner gerührt. Hofmann schnupperte lange den Vanilleduft, der von den zarten Kristallen ausging.

„Eine famose Entdeckung, das müßt ihr schnell in den Chemischen Berichten veröffentlichen und vor der Deutschen Chemischen Gesellschaft vortragen, das sage ich nicht nur, weil ich der Präsident bin."

Insgeheim dachte er, diese Entdeckung ist sogar preiswürdig. Er nahm sich vor, einmal in dieser Angelegenheit mit seinem Vorstandskollegen Fresenius zu sprechen, ob man nicht bei der Preisverleihung der Kaiserlich-Leopoldinisch-Carolinisch-Deutschen Akademie der Naturforscher die beiden jungen Wissenschaftler auszeichnen sollte.

Hofmann war in guter Stimmung, seine Schwermut der vergangenen Jahre war wie weggeblasen, denn zarte Bande hatten sich in Richung Bertha knüpfen lassen.

Wilhelms Freude war überschwänglich, doch etwas trübte seine Begeisterung, was war das nur? Dann sah er den Ring am Finger von Hofmann und schaute verlegen zur Seite. Das musste ja noch nichts bedeuten, aber warum nur hatte er sich nie wieder nach Bertha erkundigt?

Im nächsten Moment dachte er schon wieder praktisch, denn ihm ging durch den Kopf, wie er seine Erfindung schützen könnte.

Schließlich wollte er das Vanillin selber herstellen.

Da gab es doch die Möglichkeit eines Privilegiums, sozusagen einen Schutzbrief, den er beim Herzog in Braunschweig beantragen musste.

So machte er sich gleich am nächsten Tag an die Arbeit und formulierte seinen Antrag an die Herzogliche Kreis-Direktion Braunschweig:

Vanillin, der Körper, welcher der Vanille das charakteristische Aroma verleiht, ist bis jetzt nur aus der Vanille dargestellt worden, eine künstliche Darstellungsweise ist bisher niemandem außer mir gelungen. Ich stelle das Vanillin aus dem Coniferin her. Es wird in Wasser gelöst und mit einem Oxydationsmittel in Säure erhitzt...

So beschrieb er im Detail das gesamte Verfahren.

Das war für ihn der erste Schritt in die Praxis, und er hoffte sehr, dass er sein Patent erhalten würde.

Dann reichte er seine Doktorarbeit ein und meldete sich zur Promotionsprüfung an der Universität Göttingen an. Er tat dies nicht ohne einen gewissen Stolz, hatte ihm doch die Arbeit mit seiner Erfindung zum Durchbruch verholfen.

Im April war es dann soweit, natürlich ging er nicht ohne Aufregung in die Disputation, aber alles ging gut, und er bestand mit summa cum laude.

Sein Doktorvater Weber war beeindruckt von der Vanillin-Synthese und ermunterte Wilhelm, das Verfahren im Technikum weiterzuentwickeln.

Bei seiner Rückkehr nach Berlin wurde mit Tiemann ordentlich die Promotion gefeiert, und Wilhelm nahm sich für die Zukunft vor, die Zusammenarbeit mit dem Freund weiter zu pflegen, auch wenn sich ihre Wege aufgrund seiner unternehmerischen Vorstellungen trennen sollten.

11

Wilhelm wollte jetzt alles wissen über die Herstellung von Stoffen in der Industrie und überhaupt bewegte ihn die Frage, wie wird man Fabrikant? Was lag da näher, als eine Studienreise nach England! Nach der ersten industriellen Revolution in England im 18. Jahrhundert mit der Entwicklung von Hochdruckdampf-Maschinen und Werkzeugmaschinen war in diesem Jahrhundert das Zeitalter der zweiten industriellen Revolution durch die Chemie und die Elektrotechnik eingeläutet worden.

Auch Tiemann konnte er für die Reise begeistern, und so machten sie sich 1873 auf die weite Fahrt. Von Köln nahmen sie ein Schiff den Rhein hinunter bis Rotterdam und bewunderten den großen Hafen mit seinen unzähligen Schiffen. Bei der Überfahrt nach England kam ein Sturm auf, und es herrschte starker Seegang. Wilhelm wurde furchtbar seekrank, während Tiemann zu seiner Überraschung vergnügt in die Wellen schaute.

In Manchester waren sie erschlagen von der Vielzahl der rauchenden Schornsteine und dem beißenden Rauch, der die gesamte Stadt einhüllte.

In knapp einer halben Stunde gelangten sie mit der Eisenbahn nach Liverpool. Dort erstreckten sich die Industrieanlagen über ein riesiges Gelände.

Durch Vermittlung von Professor Hofmann, der jahrzehntelang in England Chemiker ausgebildet hatte, waren sie Gast beim Fabrikanten Bingham.

Sie trauten ihren Augen kaum beim Anblick des luxeriösen Anwesens, die Gästezimmer waren mit vielen Waschschüsseln und Bidets eingerichtet.

Die Diener trugen alle Frack und servierten den Lunch mit weißen Handschuhen.

Tiemann und Wilhelm besichtigten riesige Fabriken mit Tausenden von Arbeitern – diese Dimensionen waren ihnen völlig unbekannt.

Dabei waren es neben Stahlwerken und Textilfabriken auch chemische Fabriken, die sie besonders interessierten.

Dort wurden Schwefelsäure, Soda, Stärke, Chromat und Alaun hergestellt.

Jetzt wurde es Wilhelm doch ein wenig bange, auf was er sich als Chemiker da alles einlassen musste.

Auch Tiemann war beeindruckt und fühlte sich insgeheim bestärkt, sich mehr der reinen Wissenschaft und Lehre zu widmen.

12

Mein lieber Wilhelm, nach allem, was wir in England gesehen haben, muss ich Deine Begeisterung, jetzt auch Fabrikant zu werden, leider etwas dämpfen", sagte Tiemann nach ihrer Rückkehr, als sie bei einer Molle in ihrer Stammkneipe saßen.

„Wieso eigentlich?"

„Weil Deine Rohstoffbasis Holz zu kompliziert ist, und für einen Unternehmer ist der Rohstoff ein entscheidender Faktor. Du hast mir mitgeteilt, nur wenn die Säfte steigen, also zwischen Mai und Juli, kann die Fichtensaftgewinnung erfolgen. Aber um diese Zeit werden bei uns keine Bäume gefällt, sondern im Winter."

„Das ist richtig, aber ich habe schon eine Lösung gefunden. Ich muss örtlich flexibel sein und dort hingehen, wo der Holzeinschlag im Frühling erfolgen muss, aufgrund der Höhenlage. Ich denke da z.B. an den Thüringer Wald."

„Ein zweites und noch größeres Problem ist in meinen Augen der geringe Coniferinanteil im Fichtensaft. So lassen sich aus einer Fichte, die 20 Meter lang ist, nur etwa ein Liter Cambialsaft gewinnen, das entspricht einem Anteil von 4 Gramm Coniferin. Oder anders ausgedrückt, für 1 Kilogramm des begehrten Coniferins müssen 250 Fichten entsaftet werden."

„Wegen der vielen Bäume mache ich mir keine Sorgen, denn die werden für den Holzbedarf sowieso eingeschlagen, die Saftgewinnung ist schließlich nur ein Nebenprodukt.

Was die geringe Ausbeute anbelangt, so haben wir z.Z. keine andere Wahl, es ist technisch unsere einzige Möglichkeit, Vanillin zu erzeugen."

Insgeheim machte sich Wilhelm schon Gedanken, ob er langfristig nicht ein anderes Verfahren bzw. eine veränderte Rohstoffbasis anstreben könnte. Da gab es doch noch andere Naturstoffe mit ähnlicher Grundstruktur.

Aber jetzt musste er erst einmal eine Reise in den Thüringer Wald organisieren.

Es war schon ein seltsames Schauspiel, was sich dann im Frühjahr 1874 auf einer Lichtung im Wald bei Oberhof abspielte.

25 Frauen arbeiteten wie besessen an Baumstämmen mit Löffeln und Schwämmchen, schwätzten dabei abwechselnd, sangen thüringer Volkslieder und zwischendurch klapperten ihre Blechtöpfe.

In der Mitte trohnte Wilhelm an einem Lagerfeuer mit dampfendem Kessel und rauchte eine Zigarre.

Wanderer vom Rennsteig rieben sich die Augen und konnten sich keinen Reim daraus machen. Was für ein seltsames Schauspiel. Sie konnten nicht ahnen, dass dort im Kessel die Existenzgrundlage für eine zukünftige chemische Fabrik brodelte.

Aber Wilhelm genoss das Arbeiten in der freien Natur und begutachtete jeden Abend seine Ausbeute an Coniferin.

Wie war er stolz, als er die Frauen nach zwei Wochen ausgezahlt hatte und mit 20 Kilogramm Coniferin die Heimreise antreten konnte. Etwas verdrängte er dabei, dass hierfür 5000 Bäume entsaftet werden musste.

Zuhause hatte sein Vater schon seine Beziehungen spielen lassen, um einen geeigneten Ort für die Produktion zu finden.

In Altendorf am Holzmindebach war er fündig geworden, und mit seinem Zuschuß konnte Wilhelm ein Gelände mit Schuppen erwerben, in dem einst eine Schleifmühle stand.

Vor allem besaß er inzwischen ein wichtiges Dokument zum Schutz seines Verfahrens. Vom Herzog Wilhelm zu Braunschweig und Lüneburg war das *Privilegium für Dr. Wilhelm Haarmann Vanillin darzustellen aus Coniferin* im Mai vom Kaiserlichen Postamt versandt worden.

So versammelte sich am 1. August eine kleine Gruppe in dem Schuppen, neben seinem Vater als Geldgeber waren noch sein wissenschaftlicher Berater und stiller Teilhaber Tiemann sowie sein erster Angestellter, der Apotheker Koken und sein Anwalt Benecke anwesend.

Der Anwalt entrollte die Gründungsurkunde der *Vanillinfabrik Dr. Wilhelm Haarmann*, während Wilhelm eine Flasche Sekt öffnete.

Wilhelm war unendlich stolz, jetzt konnte er endlich in seinen eigenen vier Wänden loslegen.

Noch am selben Tag begannen sie mit der Aufarbeitung der Kristalle.

Mit einfachsten Gerätschaften wurde der Rohstoff wieder gelöst, mit Schwefelsäure versetzt, mit Chromat oxidiert, gefiltert und umkristallisiert.

Nach etlichen Tagen lag dann das reine weiße Vanillin-Pulver als Handelsware vor ihm und verströmte sein unverfälschtes Aroma der Vanille.

Es waren insgesamt sieben Kilogramm.

Doch noch war Wilhelm nicht auf der Sonnenseite eines Fabrikanten, seine Ware musste schließlich verkauft werden.

Wie würde der Vanillin-Markt auf sein synthetisches Produkt reagieren?

In Berlin kündete sich ein früher Herbstbeginn an, es war kühl geworden, und Wilhelm fröstelte in seinem leichten Mantel.

Er stand mit dem Musterkoffer vor dem Kontor des Vanillehändlers Gröner.

„Ich habe von Ihrer Entdeckung in der Zeitung gelesen," sagte Gröner, „aber ich bin etwas mißtrauisch dem künstlichen Vanillin gegenüber, das muss ich Ihnen gleich sagen."

„Mein Vanillin ist naturidentisch von absoluter Reinheit und übertrifft noch das aus der Gewürzvanille durch Extraktion gewonnene natürliche Vanillin."

„Ich handele neben den verschiedenen Vanillearten von der mexikanischen bis zur Bourbon-Vanille und zusätzlich mit dem natürlichen Vanillin. Dieses ist sehr teuer und kostet momentan 10 Mark das Gramm, ist also teurer als Gold. Die Kapazitäten sind gering, deshalb wäre das synthetische Vanillin von Ihnen sicher eine enorme Bereicherung für den Markt, sofern der Kunde das Produkt akzeptiert."

„Ich mache Ihnen einen Vorschlag, ich übergebe Ihnen eine Probe zur gefälligen Prüfung und Sie suchen mich morgen in meinem Quartier *Kaiserhof* am Wilhelmplatz auf, um mir ein gutes Angebot zu machen."

Eine sehr noble Adresse, dachte Gröner, das sollte ich mir nicht entgehen lassen.

Am nächsten Tag erwartete Wilhelm den Agenten Gröner entspannt im großen Speisesaal im Kaiserhof, er war sich seiner Sache sicher.

Und tatsächlich, der Vanillehändler sagte mit schlauer Miene:

„Ich biete Ihnen einen Preis von 8 Mark pro Gramm an, und wir können einen Vertrag über die Lieferung von 5 Kilogramm abschließen."

„Bedenken Sie bitte, dass der Marktpreis für natürliches Vanillin bei 10 Mark pro Gramm liegt, schließlich ist auch mein Produkt von höchster Reinheit."

„Ich weiß noch nicht, wie die Kunden auf ein künstliches Produkt reagieren, besonders die Schokoladenhersteller müssen einverstanden sein.

Aber wenn Sie mir die Exklusivrechte für Norddeutschland geben, so können wir uns auf einen Preis von 9 Mark pro Gramm einigen, 2 Kilogramm nehme ich sofort."

Wilhelm hatte zwar für einen Moment ein etwas ungutes Gefühl, doch er zögerte nicht lange, das war schließlich ein Durchbruch.

Sie besiegelten per Handschlag anschließend bei einem üppigen Wildschweinbraten ihr Geschäft.

Er konnte es kaum fassen, er hatte über die Hälfte der Jahresproduktion verkauft und fuhr mit 1800 Mark in der Tasche nach Hause.

Aber zuvor hatte er noch eine Pflicht zu erfüllen, das war er seinen toten Kameraden schuldig.

Theodor Mommsen, der Rektor der Berliner Universität, hatte eingeladen zur Ehrung der im Krieg 1870/71 gefallenen Studenten.

Die Tränen standen Wilhelm in den Augen, als feierlich eine Gedenktafel enthüllt wurde, und ihm kamen die Erinnerungen auch an seinen Vetter Froböse hoch.

Wie war er doch dem Schicksal dankbar, und er nahm sich vor, nie wieder Krieg zu befürworten und dazu beizutragen, das Leid zu lindern.

13

Es war einer jener Frühlingstage im Jahr 1875, die man besonders nach einem langen feuchtkalten Winter herbeisehnt, wo einem das Herz übergeht.

Die Luft war erfüllt vom Ruf des Kuckucks jenseits der Weser in Richtung Solling, in den Gärten am Fluß spielte eine Mundharmonika.

Es war Sonntag, und Wilhelm kam nachdenklich aus dem Gottesdienst in der Lutherkirche und ließ sich am Ufer auf einer Bank nieder mit Blick auf sein Geburtshaus und die Holzmindener Hafenanlagen.

Er war zum Mittagessen eingeladen bei seinem Vetter, dem Mediziner Dr. Carl Haarmann, mit dem er immer gern plauderte und sich so gut verstand. Auch seine Frau Anna war ihm sehr sympathisch.

Er machte sich auf den Weg zu der prachtvollen Villa seines Vetters an den Teichen, schlug die Hausglocke und war wie vom Donner gerührt.

Was für ein Blick, was für sanfte Augen schauten ihn an beim Öffnen der Tür.

Wer war das?

Gab es eine Bestimmung? Das musste eine sein.

Wilhelm brachte kein Wort heraus.

„Darf ich Dir meine Schwester Luise vorstellen“, sagte Anna, die ebenfalls zur Haustür eilte.

„Luise ist aus Hildesheim für eine Zeit zu uns gezogen, um eine Musikausbildung in Holzminden zu erhalten und gleichzeitig die Haushaltsführung zu erlernen.“

Wilhelm wurde rot vor Aufregung und blitzschnell fiel ihm seine einstige Begegnung mit Bertha ein, die er fast ganz verdrängt hatte, auch weil er sich damals nicht weiter um sie bemüht hatte und nur seine Arbeit sah.

So gab er sich jetzt einen Ruck, fühlte auch wie sein Selbstvertrauen zurückkam und plauderte den ganzen Nachmittag.

Er erzählte von seinen Erfolgen als angehender Vanillin-Fabrikant und auch von seinen Mißerfolgen, sei es der Ärger mit seinem Mitarbeiter Koken oder dem finanziellen Schaden durch den Agenten in Berlin, der einfach einen Teil der Ware nicht bezahlt hatte.

Aber besonders interessierte ihn alles über Luise, alles über sie wollte er wissen.

Er hing an ihren Lippen, als sie von ihrem schweren Los als Waisenkind erzählte, aber auch von schönen Dingen, wie die naturverbundene Erziehung durch den Apotheker Nölke in Langenhagen sowie den später berühmten Arzt Robert Koch.

So verging der Nachmittag wie im Fluge und Wilhelm machte sich beschwingt auf den Heimweg.

Er kehrte noch in der Wirtschaft *Zum Grünen Jäger* ein, bestellte sich bei dem brummigen Wirt ein *Hodapper Bier* und dachte über die Begegnung mit Luise nach.

Da war er lange Zeit in der großen weiten Welt und der Weltstadt Berlin gewesen, ebenso im Krieg bei Paris und hier unmittelbar vor der eigenen Haustür dieses glückhafte Zusammentreffen zweier verwandter Seelen.

Gab es eine Vorherbestimmung?

Das war jetzt seine Chance, er durfte sich nicht wieder in die Chemie vergraben.

Er würde schon einen Vorwand finden, sich möglichst oft in Richtung Teiche auf den Weg zu machen.

14

Am 10. Mai 1876 läuteten die Glocken überall in Philadelphia. Anlaß war die Eröffnung der ersten offiziellen Weltausstellung in den USA, genau 100 Jahre nach der Unabhängigkeitserklärung.

Das Austellungsgelände lag im Fairmount Park am Ufer des Schuylkill River.

Bei der Eröffnung waren der US-Präsident Ulysses Grant sowie der Brasilianische Kaiser Dom Pedro II anwesend mit ihren Frauen.

Zur Eröffnungsfeier erklang der *Centennial-Inaugurationsmarsch,* der speziell zu diesem Anlass von Richard Wagner komponiert worden war.

In der Maschinenhalle schalteten die Staatschefs gemeinsam die Corlis-Dampfmaschine ein, die fast alle anderen Maschinen mt Energie versorgte.

Das Hauptgebäude war das größte Gebäude der Welt, hatte Holz- und Eisenrahmen und dazwischen Glas.

Beide Gebäude bildeten eine Front von über einer englischen Meile.

Gleich am ersten Tag strömten über 180000 Besucher auf das Gelände, die Hälfte davon hatten Freikarten.

Schon bald wurde die Ausstellung von einer Hitzewelle beeinträchtigt, das Thermometer kletterte auf über 37 Grad Celsius.

Die Besucher trugen unter ihrem Zylinder einen feuchten Schwamm, die Droschkenpferde bekamen einen Strohhut gegen die sengende Sonne, das hatten die Tierschutzvereine durchgesetzt.

Die Ausstellungsstücke reichten von türkischem Marihuana, übrigens das meistbesuchte Ausstellungsstück, bis zur Kruppschen Riesenkanone.

Sowohl die Firma Ludwig Stollwerk erhielt für 1000 Marzipanartikel eine Goldmedaille als auch das Bremer Beck's Bier.

Besonders vertreten war das Militärfach auf der Ausstellung, dabei standen die Länder Amerika, Rußland und England mit ihren Waffen im Vordergrund.

Der Direktor der Berliner Gewerbe-Akademie Reuleaux, Mitglied der Jury, äußerte sich kritisch gegenüber dieser Gigantonomie im Waffenwesen und auch zum deutschen Beitrag: „Deutschland weiß in den gewerblichen und bildenden Künsten keine anderen Motive als die tendenziös patriotischen. ... Es beschleicht uns ein beschämendes Gefühl, wenn wir die Ausstellung durchwandern und die bataillonsweise aufmarschierenden Germanen, Borussien, Kaiser, Kronprinzen, Bismarck, Moltke und Roon betrachten, die in Porzellan, in Bisquit, in Bronze, in Zink, in Eisen, in Ton, die gemalt, gestickt, gewirkt, gedruckt, lithographiert, gewebt in allen Ecken und Enden uns entgegenkommen ..."

Es wurde auch moniert, dass für Krupps Waffensysteme nahezu 90 Prozent des für Deutschland reservierten Platzes in der Maschinenhalle belegt waren und gefragt, ob das wirklich repräsentativ für dieses Land sei.

Aber zum Glück galt diese Kritik nicht der deutschen chemischen Industrie, die wiederum eine Kollektivschau veranstaltete, die übrigens auch prämiert wurde.

So zeigte die Firma Saame & Co aus Ludwigshafen das zur Narkose benötigte Chloroform, die Firma F. von Heyden aus Dresden die ebenfalls in der Medizin eingesetzte Salicylsäure sowie die Chemische Fabrik E. Schering Chloralhydrat, Gallussäure und Kaliumjodid.

Doch inmitten der mehr oder weniger großen Glasschränke namhafter Firmen aus Deutschland erblickte der erstaunte Besucher etwas Besonderes.

Eher unscheinbar waren sieben geschliffene Glaszylinder mit facettierten Abdeckungen in einem schmalen Fach aufgereiht, in denen sich ein weißes Pulver befand, welches beim Öffnen ein unvergleichliches Aroma verbreitete, viel intensiver als eine Gewürzvanille.

Ein Reporter berichtete: „Die Glasgefäße enthalten eines der merkwürdigsten Präparate der deutschen chemischen Abteilung, nämlich den von Dr. Wilhelm Haarmann in Holzminden an der Weser hergestellten aromatischen Stoff der Vanilleschote. Dieses künstliche Vanillin wird aus dem Cambialsaft von Tannen und Fichten gewonnen und bereits zu einem Preis in den Handel gebracht, der den des rohen Vanillins in den Vanilleschoten nicht nur nicht übersteigt, sondern noch weit unter dem Handelswert der Vanille bleibt."

Im fernen Europa registrierte Wilhelm mit Freude diese große Aufmerksamkeit in Amerika, und er nahm sich vor, bei Gelegenheit einmal selbst über den Atlantik dorthin zu fahren. Erst kürzlich hatte er gelesen, dass die *Germanic* mit einem neuen Geschwindigkeitsrekord und einem Schnitt von 16 Knoten die Überfahrt in 7 Tagen geschafft hatte.

15

Die Nachricht bewegte Wilhelm, das musste er sich eingestehen. Tiemann hatte ihm mitgeteilt, dass seine Schwester Bertha den Antrag von Hofmann angenommen hatte, und inzwischen seine zweite Ehefrau war.

Um so mehr zog es Wilhelm nun in das Haus seines Vetters Carl, aber natürlich war Luise der eigentliche Grund.

Sie spürten beide, dass es „gefunkt" hatte und so ergab es sich fast von alleine, dass beide Hand in Hand am Ufer der Weser entlanggingen, wo gerade jetzt der intensive Heuduft der gemähten Wiesen in der Luft lag und frisch Verliebte dazu einlud, sich niederzulassen.

Schon Ende Juli machte Wilhelm ihr einen Antrag, und nach ihrem spontanen Ja zogen sie als Verlobte Arm in Arm freudestrahlend zu seinen Eltern, um diese Neuigkeit auch den anwesenden Geschwistern mitzuteilen.

Luise wollte jetzt noch gerne weitere Erfahrungen in der Haushaltsführung sammeln.

Es bot sich diese Möglichkeit in Eschershausen bei der Familie des Amtsrichters Regener an. Auch gab es verwandschaftliche Beziehungen zu diesem Ort, denn Wilhelms Mutter war eine geborene Seulcke aus Eschershausen.

Ihr Vater hatte dort als Mühlenbesitzer und Bürgermeister sowie Maire während der Napoleonischen Zeit einen Namen.

So war das Brautpaar den Winter über getrennt, aber jeden Samstag holte Wilhelm seine Luise bei Regeners ab, um den Tag mit ihr im Hause seines Vetters Dr. August Seulcke und seiner Frau Marie in Eschershausen zu verbringen.

Schon die ganze Woche über fieberte Wilhelm diesem Augenblick der Begegnung entgegen. Alle seine Gedanken konzentrierten sich auf diesen Punkt.

Bei der täglichen Arbeit in seiner kleinen Vanillin-Fabrik war er oft unkonzentriert beim Filtrieren und Destillieren und regte sich häufiger als ihm lieb war über seinen Mitarbeiter Koken auf.

Bei Wind und Wetter machte Wilhelm sich dann jeweils am Wochenende auf den Weg nach Eschershausen.

Dort konnte er mit seiner Luise allein sein, ganz allein sein in ihrem Zimmer bei Carl im Haus. Er und Marie waren ein unkompliziertes Ehepaar, sie spielten nicht ständig die Aufpasser.

Seine Gedanken flogen und seine Phantasie quälte ihn oft auf dem Hinweg, auf dem Rückweg musste er über vieles nachdenken.

Hatte er sich richtig verhalten, oder hatte sein Temperament ihn zu sehr beflügelt?

War er zu weit gegangen bei seinem Wunsch nach Zärtlichkeit?

Er fühlte sich hin und her gerissen und freute sich, als die ersten wärmeren Sonnenstrahlen den kommenden Frühling ankündigten.

Am 11. Mai 1876 war dann der große Tag gekommen.

Die Hochzeit fand in der Lutherkirche statt und die Hochzeitsfeier mit zahlreichen Verwandten bei den Eltern in der Neuen Straße.

Stolz präsentierte er sich mit Fliege und feierlichem Hochzeitsanzug zusammen mit Luise im hellen wallenden Hochzeitskleid dem Fotographen Liebert in seinem Fotostudio in der Karlstraße.

Dann ging es erstmalig gemeinsam in ihre neue Wohnung im Hause Hänsel.

Sie hatten fast die ganze Nacht mit allen gefeiert, so dass Wilhelm, vom vielen Wein doch recht beschwingt, es gerade noch schaffte, Luise über die Türschwelle ins Ehebett zu tragen, dann übermannte ihn grenzenlose Müdigkeit.

Doch der nächste Morgen war für ihn das Paradies, und er glaubte es auch für Luise, denn sie flüsterte schüchtern, der Himmel habe sich bewegt.

Eine Hochzeitsreise nach Norderney, so hatten sich die Brautleute an den langen, dunklen Winterabenden ausgemalt, das wäre ein Glück. Stundenlang die weißen Strände vom Weststrand in Richtung *Weiße Düne* Hand in Hand entlangzuwandern, zur Linken die Wellen und über sich die Möwen, so sollte es sein.

Aber als junger Unternehmer gab es jetzt andere Zwänge, die Rohstoffreserven an Fichtensaft waren aufgebraucht.

Konnte man nicht das Angenehme mit dem Nützlichen verbinden?

Schuldbewusst trug er sein Anliegen vor und sagte:

„Der Schwarzwald ist doch auch ganz schön, und dort werden gerade jetzt die Bäume gefällt."

„Ich sehe schon, die Bäume wachsen mir nicht in den Himmel, sondern sie werden sogar gefällt. Ich werde mich fügen, wenn Du mir etwas versprichst."

„Ich verspreche Dir alles."

„Dann versprich mir, mindestens zehnmal bis zu unserer Silberhochzeit mit mir auf die Insel zu fahren, ich werde Buch führen."

Wilhelm schluckte, das würde er schon hinbekommen:

„So sei es."

Die Hochzeitsreise wurde also gleichzeitig eine Geschäftsreise und führte sie nach Gernsbach im Schwarzwald.

Durch Vermittlung der dortigen Forstverwaltung konnten sie sich für vier Wochen in Schloss Eberstein aufhalten.

Während Wilhelm als Oberaufseher die Fichtensaftgewinnung im Wald organisierte, konnte Luise unbeschwerte Tage inmitten der Weinberge von Schloss Eberstein erleben und zahlreiche Kutschfahrten in das Badener Land durchführen.

Mit erträglicher Ausbeute an Coniferin kehrten sie schließlich nach Holzminden zurück, wobei sich Wilhelm darüber den Kopf zerbrach, wie man zu einer Produktionsumstellung gelangen könnte.

Tiemann, der in seiner Abwesenheit den inzwischen personell aufgestockten Mitarbeiterkreis beaufsichtigte, hatte dazu auch gleich einen Vorschlag:

„Ich kenne da einen sehr fähigen Chemiker aus dem Arbeitskreis von Hofmann, er heißt Karl Reimer und hat einen neuen Syntheseweg entwickelt wie man Phenolaldehyde, also wohl auch Vanillin, herstellen kann."

„Dann schlage ich vor, ihn nach Holzminden zu einem Gespräch einzuladen. Wir sollten sowieso unsere wissenschaftlichen Mitarbeiter verstärken, nachdem die Geschäfte so gut laufen."

Nach ihrer Rückkehr konnte sich Luise mit großer Begeisterung der Einrichtung ihrer Wohnung widmen, bis in den Herbst hinein war sie damit beschäftigt.

Als die ersten Blätter fielen, wußte sie es.

Wenn alles gut geht, würden sie bald eine kleine Familie sein.

Wilhelm war außer sich vor Freude und gönnte sich eine gute Zigarre.

An einem kalten aber sonnigen Wintertag war die Familie dann komplett, am 20. Februar kam der Stammhalter auf die Welt und wurde wie Vater und Großvater Wilhelm genannt.

Doch die Familie sollte im nächsten Jahr noch größer werden. Luise hatte es fast geahnt, und auch der Mediziener Carl hatte verschiedene Herztöne abgehört.

Am 26. Juli konnte Wilhelm nach der Geburt der Zwillinge Luise und Aenne gleich zwei Zigarren rauchen.

16

Tiemann öffnete kurz vor Paris das Fenster im Eisenbahnwaggon erster Klasse. Er musste frische Luft schöpfen, auch wenn ihm dabei Ruß und Dampf ins Gesicht schlugen.

Er war etwas kurzatmig geworden, ein Kriegsleiden quälte ihn schon in seinem jugendlichen Alter. An der Front hatte er sich einen schweren Gelenk-Rheumatismus zugezogen – da nützte ihm die Beförderung zum Offizier bei der Belagerung von Metz sehr wenig.

Wilhelm hatte ihn dringend gebeten, diese Reise im Geschäftsinteresse der Vanillin-Fabrik anzutreten.

Es ging um Patente und eine mögliche Produktion von Vanillin in Frankreich.

In England hatten sie sich bereits 1874 mit dem Patent Nr. 700 die Vanillin-Synthese absichern lassen. Die Patentschrift galt deshalb als Geburtsurkunde der Riechstoff-Industrie. In Frankreich war die Rechtslage anders. Das französische Patentgesetz schrieb vor, dass das in Frankreich erteilte Patent auch im Lande ausgeführt werden sollte.

Professor Hofmann konnte aufgrund seiner Beziehungen zu französischen Chemikern hier wertvolle Vorarbeit leisten.

Tiemann hatte ein Empfehlungsschreiben an den Chemiker Cahour in der Tasche, der ihm Hofmanns ehemaligen Schüler Georges de Laire vorstellen würde.

In Paris erwartete ihn Monsieur Cahour schon am Bahnhof, und sie nahmen gemeinsam die Kutsche in den Vorort Ris-Orangis, wo Georges de Laire mit Charles Girard, übrigens ebenfalls ein Hofmann-Schüler, eine chemische Fabrik besaßen.

Georges war über den Besuch sehr erfreut:

„Lieber Tiemann, Sie kommen wie gerufen. Es gibt große Absatzschwierigkeiten mit unseren künstlichen Farbstoffen. Wir haben schon einen Käufer für unsere Fabrik gefunden und würden gern direkt in Paris einen neuen Standort suchen, um mit der Vanillin-Herstellung zu beginnen."

Beide Chemiker waren sich sehr sympathisch, eine gute Voraussetzung für eine Partnerschaft.

„Ich schlage vor und bin mir da auch mit Dr. Haarmann einig, eine gemeinsame Firma zu gründen, ich selbst würde dann wie in Holzminden nur Berater und stiller Gesellschafter sein."

Die Verhandlungen über die Modalitäten verliefen harmonisch, sodass Georges de Laire bald sagen konnte: „Diese Neugründung sollten wir besiegeln und auch feiern, ich lade Sie am Wochenende zur Vertragsunterzeichnung auf mein Schloss bei Périgueux ein, dort können Sie noch andere Chemiker wie Friedel und Wurtz kennen lernen."

Tiemann nahm die Einladung gerne an und genoss das Landleben in der Provinz.

Er konnte es kaum glauben, diese Freundlichkeit nur einige Jahre nach dem Krieg.

Schließlich hatte ja auch er die Kämpfe an der Westfront hautnah miterlebt.

Aber es zeigte sich wieder, Wissenschaftler fanden immer schnell zueinander, besonders dann, wenn auch noch gemeinsame Studienverbindungen vorlagen.

Auf der Rückreise wurde ihm noch einmal bewusst, wie ideal Wilhelm, der Praktiker, und er, der Theoretiker, sich in allem ergänzten. Es entwickelte sich bereits eine kleine Erfolgsgeschichte. Er dachte an seinen viel beachteten

Vortrag bei der Deutschen Chemischen Gesellschaft, wo er über ihre Entdeckungen berichten konnte. Er war stolz auf die wissenschaftliche Anerkennung, als sie beide kürzlich von der *Kaiserlich-Leopoldinisch-Carolinisch-Deutschen Akademie der Naturforscher* in Dresden für ihre Arbeit „Über die künstliche Darstellung des Vanillins" mit der Cothenius-Medaille ausgezeichnet wurden.

Zurück in Holzminden, konnte er Wilhelm von seiner erfolgreichen Mission berichten.

Die Firma Dr. Haarmann & de Laire & Co. wurde in der Rue St. Charles in der Nähe des Marsfeldes errichtet.

Als erstes musste Georges de Laire in die Waldgebiete um Paris ziehen, um Roh-Coniferin zu gewinnen. Anschließend genügten wenige Wochen, um nach den überlassenen Vorschriften das reine Vanillin in der neuen Fabrik herzustellen.

Georges war äußerst zufrieden, als er das erste aromatische Vanillin-Pulver in den Händen hielt. Was waren das doch für geniale Chemiker-Kollegen in Deutschland, die diese Synthese entwickelt hatten, natürlich alle Schüler vom großen Hofmann!

Das war jetzt seine Zukunft auf dem französischen Markt, er würde zusammen mit Haarmann gute Gewinne machen.

Die Vermarktung würde Max Frère im neu eingerichteten Verkaufsbüro in Paris übernehmen.

17

Wilhelm wartete in seinem kleinen Fabrikbüro schon ungeduldig auf den angekündigten Besucher aus Berlin. Er versprach sich viel von der Zusammenarbeit mit Dr. Karl Reimer.

Er hatte im Frühjahr zwar wieder Roh-Coniferin im Schwarzwald gewonnen, doch die Ausbeute war ausgesprochen mäßig.

Zum Glück konnte er durch die hohen Verkaufspreise noch gute Gewinne erzielen, allerdings hatte er auch Einbußen hinzunehmen und zwar durch die Unzuverlässigkeit des Vanillin-Händlers Gröner. Dieser musste entlassen werden, jetzt hatte der Agent Max Elb die Verkaufsgeschäfte übernommen.

Auch vom Mitarbeiter Koken hatte er sich inzwischen getrennt, in dem Kontoristen Grein fand er einen vertrauenswürdigen Nachfolger.

Tiemann hatte Recht, die Coniferin-Gewinnung brachte zwar nach wie vor einen guten Profit, gestaltete sich aber halt sehr mühselig. Es sollte unbedingt ein anderer Ausgangsstoff gefunden werden. Da bot sich nun durch die Mitarbeit von Reimer ein neuer Weg an.

Draußen fuhr inzwischen ein Zweispänner vor, und Reimer entstieg etwas erschöpft der Kutsche.

„Mein lieber Reimer, willkommen in Holzminden, die Landluft wird Ihnen gut tun."

„Das erhoffe ich mir auch, wir als Kriegsteilnehmer haben doch schon in jungen Jahren alle unsere Leiden."

„Ich kann zum Glück sagen, dass ich mein „Nervenzittern" gut überwunden habe."

„Ich bin doch zwei Jahre älter als Sie und habe schon zwei Kriegseinsätze überstanden. Mir ist besonders der böhmische Feldzug 1866 zum Verhängnis geworden. Ich konnte zwar den Kugelregen in Königgrätz überstehen, aber nicht mit der siegreichen Armee zurückkehren, sondern erkrankte an Typhus und musste rücktransportiert werden. Die Folgen dieser Seuche spüre ich leider immer noch", erklärte Reimer.

„Ihre Entdeckung über eine neue Synthese von Phenolaldehyden ist sehr vielversprechend, deshalb brauche ich Sie hier und würde mich freuen, wenn Sie mein Teilhaber werden würden."

Reimer hatte schon früh eine Neigung zum technischen Chemiker entwickelt. Zunächst in der Fabrik C. A. F. Kahlbaum und anschließend als Leiter einer Fabrik für Zinn-Präparate bei Goldschmidt.

Diesen neuen Weg hatte er eigentlich mit Tiemann zusammen entdeckt, und insofern war er ihm auch zu Dank verpflichtet.

Das Höchste, was ein Wissenschaftler erreichen könne, fand er, sei es, wenn der eigene Name mit einer Entdeckung verbunden werden könne. Professor Hofmann hatte sogar prophezeit, dieser neue Weg könne als Reimer-Tiemann-Reaktion in die Chemie-Geschichte eingehen.

Durchaus geschmeichelt, meinte er dann:

„Ich will gern einwilligen und hoffe sehr, dass meine angeschlagene Gesundheit mitspielt. Versprechen kann ich nichts, aber ich will mir große Mühe geben, das Vanillin auf eine andere Art und Weise und damit günstiger zu produzieren."

„Ich freue mich sehr auf unsere Zusammenarbeit und schlage vor, dass wir nach Ihrer Beteiligung den Firmennamen Haarmann & Reimer führen sollten."

„Dagegen hätte ich überhaupt nichts einzuwenden, ich sehe schon, der Name Reimer wird immer bekannter."

Er lächelte und sie machten sich gemeinsam auf den Weg zu Wilhelms Wohnung, wo Luise schon ein kleines Festessen vorbereitet hatte. Es gab Forellen aus dem Sollingbach Holzminde.

Wilhelm ahnte instinktiv, dass er mit der Partnerschaft richtig lag: Reimer hatte ein ausgeglichenes Wesen und wurde durch seinen Humor überall geschätzt. Vor allem konnte er so wundervoll Geschichten erzählen, besonders aus seiner Kriegszeit im böhmischen Feldzug.

Nur die angeschlagene Gesundheit des künftigen Kompagnons machte Wilhelm Sorgen.

In den nächsten Monaten begann Reimer mit seinen Versuchen.

Als Ausgangsprodukt musste er ja entsprechend der Reimer-Tiemann-Synthese ein Phenol wählen, und das war ein Produkt aus dem Buchenholzteer mit dem Namen Guajacol. Es war eine ölige Flüssigkeit mit einem starken gewürzartigen Geruch.

Wochenlang erhitzte und destillierte er mit Chloroform und Alkali und erprobte die verschiedenen Mischungen, dann hatte er ein Ergebnis.

„Lieber Wilhelm, es handelt sich zweifelsfrei um Vanillin, aber irgendetwas stimmt noch nicht. Außerdem ist die Ausbeute miserabel.

Prüfe doch einmal selber die Substanz."

„Es ist Vanillin, insofern können wir uns gratulieren, denn es ist wiederum ein neuer Syntheseweg entdeckt worden. Aber es ist kein reiner Stoff, ich merke es am Geruch. „

„Dann werde ich weiter daran arbeiten, ich werde es mehrfach kristallisieren, um es zu reinigen."

Es war zum Verzweifeln, Reimer konnte machen, was er wollte, dem falschen Aroma war nicht beizukommen.

Nach Wochen mussten sich beide Chemiker eingestehen, dass sie in eine Sackgasse geraten waren, oder anders ausgedrückt, sie waren in ihrem Bemühen um ein besseres Verfahren gescheitert. Denn nur absolute Reinheit war die Voraussetzung für eine Konkurrenz mit der Gewürzvanille.

Sie konnten damals noch nicht ahnen, dass bei dieser Synthese auch eine Variante des Vanillins entsteht, die unangenehm riecht und schwer zu trennen ist.

Es war ganz natürlich, dass sich Wilhelm nach diesen Misserfolgen Gedanken machte, ob die Entscheidung zur Partnerschaft mit Reimer richtig war, zumal sich dessen Gesundheitszustand ständig verschlechterte. Immer wieder musste er sich durch Kuraufenthalte in Montreux regenerieren.

Doch dann kam eines Tages ausgerechnet von Reimer der entscheidende Anstoß, als er sagte:

„Ich glaube an die Gewürznelke als Retter in der Not. Sie ist als Gewürz auf dem Markt und kann gut aus Sansibar importiert werden. Daraus gewinnt man Nelkenöl mit einem hohen Anteil Eugenol, unserem gesuchten Rohstoff."

„Es ist interessant, dass Tiemann und ich schon einmal diesen Gedanken hatten. Uns fiel die Ähnlichkeit der Struktur zwischen Vanillin und Eugenol auf", meinte Haarmann.

„Haben Sie gelesen, was Emil Erlenmeyer darüber in Liebig's Annalen geschrieben hat?"

„Ja, er verlangte Sonderrechte für sich in Bezug auf dieses Forschungsgebiet, keiner sollte ihm seinen Vorrang streitig machen."

„Ich würde sagen, als Liebig-Schüler und Mitglied der Bayrischen Akademie der Wissenschaften ein wenig arrogant, diese Haltung."

„Er ist uns natürlich mit seiner Forschung in dieser Angelegenheit auf den Fersen, immerhin hat er darauf hingewiesen, dass man durch Einwirkung gewisser Chemikalien auf Eugenol Vanillin erhalten kann, allerdings war Tiemann mit der Veröffentlichung etwas schneller."

„Wir sollten uns auf jeden Fall auf den schwierigen Weg der Umsetzung in die Praxis begeben. Wer nichts wagt, der nichts gewinnt."

Das Eugenol aus den Gewürznelken zu isolieren, war kein Problem.

Dann wurde es schwieriger. Sie gingen weiter an die Arbeit, monatelang wurde probiert und probiert.

Auch nach der Methode von Erlenmeyer durch Oxidation mit Kaliumpermanganat kam es zu keinem Erfolg.

Sie fanden einen chemischen Trick über Essigsäure.

Sie bekämpften Nebenprodukte.

Sie fanden einen gangbaren Weg.

Zum Schluss hatte Tiemann die zündende Idee. Eine Umlagerung zu Isoeugenol sollte man vorschalten.

Endlich waren sie am Ziel und sicherten sich die Patente.

Doch das Schicksal meinte es nicht gut mit Reimer. Bereits 1881 war seine Kraft aufgezehrt, und er war gezwungen, die Mitarbeit aufzugeben. Er erhoffte sich Linderung seiner Leiden im Süden.

Im fernen Sizilien empfing er Nachrichten über den Siegeszug des neuen Verfahrens mit dem Nelkenöl aus Sansibar.

Die enormen Gewinne, die jetzt an die Firma Haarmann & Reimer flossen, konnten ihn nicht mehr erheitern.

Die unangenehmen Kämpfe, die jetzt auf dem lukrativen Vanillin-Markt ausgetragen wurden, verschwieg man ihm.

Der Umzug in den Süden konnte ihm letztlich nicht helfen. Er starb mit 38 Jahren auf Sizilien. Kaum jemand nahm Notiz von seinem Tod.

18

Innerhalb kurzer Zeit hatte es Wilhelm zu Wohlstand gebracht. Die Rücklagen in der Firma waren ansehnlich und ermöglichten mannigfache Investitionen.

Aber auch sein privater Kontostand wuchs und wuchs.

Wilhelm hatte den Weg zum Geschäftsmann nicht eingeschlagen, um Millionär zu werden, aber unangenehm war ihm diese Entwicklung wahrlich nicht.

Das neue Verfahren war sehr wirtschaftlich, die Rohstoffversorgung lief reibungslos. Das Vanillin ließ sich bei hoher Gewinnspanne gut verkaufen, auch in Paris arbeitete man erfolgreich mit dem Nelkenöl.

Um ihn herum entstanden Begehrlichkeiten, aber Wilhelm hatte kein Problem damit.

Es war nicht so, dass er das Geld aus dem Fenster warf, aber wenn „Not am Mann" herrschte, konnte man sich auf ihn verlassen.

Sein Onkel Fritz war in Not geraten und hoch verschuldet. Ohne zu zögern, schenkte ihm Wilhelm daraufhin 4000 Mark, eine hohe Summe damals.

Jetzt musste er auch nicht mehr in die Wälder gehen zur Coniferin-Gewinnung und hatte zumindest in den Ferien mehr Zeit für Luise.

Er hatte sein Versprechen nicht vergessen: Nachdem die Kinderbetreuung zu Hause geregelt war, konnte man im Juli 1882 unbeschwert nach Norderney in die Villa *Mathilde* fahren und die Seeluft genießen, ganz so, wie sie sich das bei ihrer Hochzeit vorgenommen hatten.

19

Der Winter hatte Holzminden fest im Griff im Januar 1884. Dicke Eisschollen trieben auf der Weser und hatten den Fährbetrieb zum Stillstand gebracht.

Wilhelm war ziemlich verzweifelt. Was nützte ihm sein gutes Geld, wenn Krankheiten die Familie heimsuchten und die Medizin oft nicht helfen konnte.

Aromastoffe hin und Aromastoffe her, er hätte Arzneimittel entwickeln sollen.

Fast ohnmächtig hatte er beobachten müssen, wie sein Vetter Carl, angesteckt in seiner Praxis, vom Fleckentyphus dahingerafft wurde. Was waren das für Zeiten.

Und jetzt, wo sein kleiner Wilhelm an Scharlach erkrankt war, hätte er ihn dringend benötigt.

Luise flehte ihn an:

„Bitte besorge schnell einen guten Arzt und wenn es Dr. Robert Koch ist, ich kenne ihn ja gut. Er ist der beste Arzt der Welt."

In der Tat war Koch schon ein berühmter Arzt geworden und inzwischen durch seine Arbeiten über Milzbrand und Wundinfektionen an das Kaiserliche Gesundheitsamt in Berlin berufen worden.

„Der gute Koch ist weit weg. Ich habe gelesen, er soll auf einer Expedition nach Ägypten und Indien unterwegs sein, um eine dortige Cholera-Epidemie zu bekämpfen. Wir brauchen aber schnelle Hilfe. Ich lasse Dr. Brand aus Grünenplan mit der Kutsche holen, der kennt Wilhelm auch."

Inzwischen wurde der kleine Wilhelm immer schwächer, sein Fieber stieg und stieg.

Luise kühlte sein glühendes Gesicht, gab ihm Wadenwickel und fühlte sich so hilflos.

Endlich stand Dr. Brand im Krankenzimmer und bestätigte die Diagnose auf Scharlach. Das Gesicht des Kindes war inzwischen übersät von kleinen rotgefärbten Flecken.

„Es gibt noch kein Heilmittel gegen diese Krankheit", sagte Dr. Brand, „ich kann Ihnen nur die äußerliche Anwendung des kalten Wassers als einzige Methode gegen Scharlachfieber dringend anraten."

Also hatte Luise instinktiv richtig gelegen.

Wilhelm wurde es ganz mulmig, er kannte die Kindertotenlieder des Dichters Friedrich Rückert, der zwei seiner Kinder durch Scharlach verloren hatte.

Er presste die Lippen zusammen, sagte aber nichts darüber zu Luise.

Doch damit nicht genug, am nächsten Tag waren zusätzlich beide Mädchen krank. Luise hatte eine Mandelentzündung und Aenne scheinbar eine ernsthafte Krankheit.

Schluckbeschwerden und bellender Husten quälten sie, das Fieber stieg beständig.

Dr. Brand murmelte etwas von Diphtherie, war aber unsicher.

Luise reagierte panisch:

„Wilhelm, wir müssen uns doch jetzt dringend an unseren Freund Robert Koch wenden, vielleicht ist er doch schon aus Indien zurück."

„Ich will alles versuchen und sofort mit dem Kaiserlichen Gesundheitsamt Kontakt aufnehmen. Auch wenn Koch noch nicht zurück ist, kann vielleicht sein Schüler

Dr. Loeffler uns helfen. Ich weiß, dass er sich intensiv mit Infektionskrankheiten beschäftigt. Ich werde sofort Tiemann in Berlin bitten, mit ihm Kontakt aufzunehmen."

Sie wussten, dass es einige Tage dauern würde und nutzten die Zeit, um die kleine Luise vor weiterer Ansteckung zu schützen. In großer Eile brachten sie die Kleine, die es ja nicht ganz so arg erwischt hatte, zur Mutter.

Es begann eine Zeit voller Ungewissheit, Tag und Nacht wechselten sich Wilhelm und Luise an den Krankenbetten ab. Sie fühlten sich hilflos, auch Dr. Brand schaute immer wieder vorbei, konnte aber nicht viel ausrichten.

Nach einer Woche traf endlich Dr. Loeffler mit der Kutsche ein. Er hatte sich spontan dazu entschlossen, denn sein Chef Robert Koch befand sich noch auf dem Schiff in Richtung Europa. Sofort wurden die Kinder von ihm untersucht, er machte jeweils einen Abstrich und hatte das Ergebnis am nächsten Tag.

„Es ist gut, dass Sie nach uns gerufen haben, denn ich kann eindeutig sagen, dass es sich bei Aenne um die Bakterie *Corynebacterium diphtheriae* handelt. Diese Art ist gerade von mir am Kaiserlichen Gesundheitsamt identifiziert worden. „

„Jetzt haben wir die Diagnose, aber was können wir jetzt gegen diese Krankheit tun?"

„Es tut mir in der Seele weh, aber wir sind noch nicht so weit in der Forschung. Man muss erst noch ein Serum dagegen entwickeln."

„Dann hilft ja eigentlich nur noch das Gebet."

„Gottes Wille ist allmächtig. In der Medizin haben wir noch viel zu tun, denn die Menschen sterben oft viel zu früh."

Am 22. Februar hatte Aenne den Kampf verloren. Ein plötzlicher Herzstillstand beendete alle Hoffnungen, und der Pfarrer Spalek musste den Eltern Trost spenden.

Der kleine Wilhelm schwebte weiterhin zwischen Leben und Tod.

Luise setzte jetzt ihre ganze Kraft ein, um ihn zu pflegen und hatte an ihrer Seite die treue Hanna Siebrecht. Sie hoffte täglich auf die baldige Rückkehr ihres väterlichen Freundes Robert Koch aus Indien.

Langsam ging Wilhelms Fieber zurück, und eines Tages im Mai stand Robert Koch vor der Tür.

„Was nützen mir mein Empfang beim Kaiser und die fürstliche Belohnung, wenn ich hier erstens zu spät komme und zweitens mir medizinisch die Hände gebunden sind, meine liebe Luise. Ich kann Dir zumindest versichern, dass der kleine Wilhelm über den Berg ist. Wir alle können nur hoffen, dass es uns in Zukunft gelingt, diese schrecklichen Infektionskrankheiten besser zu bekämpfen. Vielleicht gibt es ja bald ein Wundermittel gegen diese Krankheitserreger."

Koch standen die Tränen in den Augen, als sie sich zum Abschied umarmten, er wirkte blass und abgespannt. Die lange Expeditionsreise hatte ihn mitgenommen, doch Erholung konnte er sich nicht gönnen, im Labor gab es viel Arbeit mit Mikroskop und Nährböden im Brutschrank.

Über Luises Gesicht huschte ein erstes Lächeln. Der kleine Wilhelm lebte, das Leben ging weiter, und sie hatte Aussicht auf ein größeres Haus an der Allersheimer Straße.

Insgeheim träumte sie manchmal von einem großen herrschaftlichen Haus mit Personal und freiem Blick auf die Weser, die sie sonst erst nach einem längeren Spaziergang durch Holzminden erreichen konnte. Vielleicht könnte ihre Familie auch wieder wachsen?

20

Wilhelm ließ sich von Kontorist Grein die Bücher zeigen, um auch Tiemann, der soeben aus Berlin eingetroffen war, über die gut laufenden Geschäfte mit Vanillin zu informieren.

Die Produktions- und Absatzzahlen konnten sich wirklich sehen lassen, selbst der amerikanische Markt war inzwischen interessant geworden, besonders nach der Weltausstellung in Philadelphia.

Schon immer fühlte sich Wilhelm seinen Mitarbeitern fast freundschaftlich verbunden, und er hatte an dem Brauch festgehalten, gemeinsam zu feiern.

Von Anfang an, immer wenn eine größere Portion Vanillin erfolgreich fertig gestellt war, zog er mit der Belegschaft - zunächst fünf Mann - in die Wirtschaft *Zum Grünen Jäger*, um bei Bier und Zigarren das frohe Ereignis zu begehen.

Das erste verdiente Geld war gut angelegt worden in Gebäudeerweiterungen und einer besseren Ausstattung.

Nach der industriellen Revolution im 19. Jahrhundert standen im technischen Bereich jetzt die fortschrittlichen Dampfmaschinen zur Verfügung.

Bereits 1893 wurde der Maschinenpark durch vier Dampfmaschinen, zwei Dampfkessel und ein Wasserrad unterstützt, im Jahr 1900 waren es bereits fünf Dampfmaschinen mit 60 PS und drei Dampfkessel mit zusammen 410 qm Heizfläche.

Das Personal bestand 1893 aus 39 Arbeitern, vier Chemikern und drei Verwaltungsbeamten. Im Jahr 1900 war dann die Zahl bereits auf 65 Arbeiter, acht technische Beamte und fünf Kaufleute angewachsen.

Durch Tiemanns Entdeckung, das Eugenol vor der weiteren Oxidation in Isoeugenol umzulagern, wurde die Ausbeute wesentlich gesteigert.

Die Patenterteilung ließ allerdings noch auf sich warten.

Es war alles nicht mehr so einfach wie bei dem Coniferin. Einst waren sie die ersten auf dem Markt gewesen. Beim Eugenol waren es inzwischen mehrere Konkurrenten.

Da gab es die Firma Meissner aus Olmütz mit ihrem Patent aus Aceteugenol sowie die Firma *Fritzsche & Co* in Hamburg, mit der man sich jetzt sogar vor Gericht auseinandersetzen musste.

Letztere hatte ein Patent zur Erzeugung von Isoeugenol aus Nelkenöl angemeldet.

Tiemann war ganz aufgebracht:

„Wenn Du Dir diese Patentanmeldung ansiehst, so ist das eindeutig eine Patentverletzung unseres Isoeugenol-Patentes 57808 von 1896."

„Dann werden wir Einspruch gegen die Patentanmeldung mit der Begründung der Abhängigkeit von unserem Patent einlegen", meinte Wilhelm.

Prompt kam es daraufhin wieder zu einem Einspruch von Fritsche & Co.

„Ich schlage vor, jetzt einen exzellenten Fachmann als Gutachter einzuschalten und werde mit Geheimrat Professor Wallach Kontakt aufnehmen."

Die Konkurrenz witterte mit dem Weg über Isoeugenol ein riesiges Geschäft.

Bei ihrer Patentanmeldung ging es darum, einen Zwischenschritt zu überspringen und direkt vom Nelkenöl auszugehen. Dabei entstand neben dem gewünschten Isoeugenol noch ein zweites Produkt.

21

Wilhelm suchte nach einem Ausweg. Immer wieder spürte er bei Kunden und Verbrauchern eine gewisse Zurückhaltung gegenüber seinem künstlich hergestellten Vanillin.

Trotz ständig wachsendem Vanillin-Absatz musste für den Markt viel Überzeugungsarbeit geleistet werden, denn der Konsum eines künstlich hergestellten Naturstoffes war für den Konsumenten etwas ganz Neues.

Das galt sowohl für die Hausfrau als auch für die Schokoladenindustrie.

Doch plötzlich war in seinen Augen etwas Wunderbares geschehen. Die bekannte Köchin Lina Morgenstern lobte sein Vanillin, und er hatte sie gleich zu einem Gespräch eingeladen.

„Frau Morgenstern, Sie schickt der Himmel, denn die Hausfrauen, Köche und Bäcker haben Vorbehalte bei der Verwendung von künstlichem Vanillin."

„Das brauchen sie nicht, denn es ist ein reiner Stoff mit edlem Aroma und Geschmack, wie ich finde."

„Doch manche behaupten, das Aroma einer Vanilleschote sei angenehmer."

„Das kann ich als Köchin nicht bestätigen. In den Schoten sind noch Fette und Harze enthalten, die das feine Vanillearoma ungünstig beeinflussen. Ich habe sogar gelesen, dass diesen Nebenbestandteilen eine nervenreizende Wirkung zugesprochen wird."

„Das reine Vanillin hat auf jeden Fall keinen ungünstigen Einfluss auf den Organismus, das haben Untersuchungen des Wissenschaftlers Dr. Preusse ergeben. Mich würde auch interessieren, wie Sie zu meinem Konzept stehen,

Vanillin mit Zucker vermischt, abgepackt in kleinen Päckchen der Hausfrau anzubieten, wobei die Wirkung genau einer Stange Gewürzvanille entspricht?"

„Eine gute Idee, man gewinnt Zeit, die Qualität ist gleichbleibend und man findet in der Speise nicht die störenden schwarzen Punkte der zerhackten Samenkapsel."

„Wie könnte man den Verbraucher denn richtig informieren?"

„Als Autorin des Universalkochbuches kann ich mir gut vorstellen, *Kochrezepte mit der Anwendung von Vanillin für die denkende Hausfrau* zu verfassen."

„Das wäre die ideale Lösung und es soll nicht zu Ihrem Nachteil sein."

Wilhelm hatte eine glückliche Hand mit dem bunten Büchlein, das er unter dem Titel *Kochrezepte mit Anwendung von Haarmann & Reimer Vanillin* auf den Markt brachte. Allein schon die bunte Gestalt einer Köchin mit Löffel und Topfkuchen in der Hand auf dem Buchtitel erregte große Aufmerksamkeit, so dass es viele Hausfrauen erwarben.

Auch Luise wollte sofort ein Exemplar für den Einsatz im Haushalt haben.

Besonders begeisterte sie sich für folgendes Rezept von Lina:

Creme à la Chateaubriand

Man rührt hierzu ¼ Liter süße Sahne und 8 Eidotter klar, fügt 190 Gr. Zucker dazu und schlägt davon auf dem Feuer eine Crême ab, die man mit 125 Gr. aufgelöster Gelatine vermischt. Vom Feuer genommen, gibt man, wenn ausgekühlt, ein Päckchen Vanillin, ¾ Liter geschlagene Sahne dazu und tut von der Masse drei Finger hoch in eine mit Mandelöl ausgestrichene Form, legt darauf alle Arten eingemachte, abgetropfte Früchte, gießt eine Schicht Crême darüber und fährt so fort, bis die Form ganz ge-

füllt ist. Ist der Inhalt auf Eis völlig erstarrt, kann man die Crême stürzen, mit Früchten belegen und mit Vanillezucker darüber streuen.

Der Vanillin-Absatz stieg nach der Veröffentlichung des Kochbuches sprunghaft an.

Auch bei der Schokoladenindustrie tauchten schnell Fragen auf, als das synthetische Vanillin auf den Markt kam. Schließlich war die Vanille neben der Kakaobohne die wichtigste Beimischung, um den typischen Schokoladengeschmack zu erlangen.

Das wäre natürlich ein Durchbruch für sein Unternehmen, wenn es gelingen würde, dort das Vanillin noch intensiver einzusetzen, dachte Wilhelm.

Deshalb reiste er nach Dresden zur Verbandstagung der Schokoladenindustrie, denn hier sah er seine Chance, ins große Geschäft zu kommen und die Vanille zu ersetzen.

„Werden wir beim Einsatz von Vanillin statt Vanille einen besseren Geschmack der Schokolade erzielen?“ fragte der Präsident Koch.

„Aufgrund der vorliegenden Proben kann ich das eindeutig bestätigen“, sagte Wilhelm.

„Dann stellt sich noch die Frage, wie lange der Geschmack vorhält und wie die Schokolade mit dem künstlichen Geschmacksstoff bezeichnet werden muss.“

„Wir haben es getestet: eine Verkostung nach längeren Zeiträumen hat keine Nachteile ergeben. Was die Bezeichnung anbelangt, so stellt das Nahrungsmittelgesetz Vanillin auf eine Stufe mit Vanille. Deshalb dürfen Sie mit Vanillin hergestellte Schokolade als Vanille-Schokolade bezeichnen.“

„Beim Einsatz von Vanilleschoten mussten wir immer mit Qualitätsschwankungen rechnen, jeder Ansatz war neu zu behandeln."

„Hier kann ich Ihnen durch die Verwendung von Vanillin eine Verbesserung garantieren, denn die Produktqualität ist völlig gleichmäßig."

„Interessant für die Praxis ist ja auch der so genannte *Parfumwert* der Vanille bzw. das Verhältnis Vanillin zu Vanille."

„Wir empfehlen ein Verhältnis von 50 zu 1. Das bedeutet, für ein Kilogramm Vanilleschoten brauchen Sie nur 20 Gramm Vanillin einzusetzen.

Schließlich sehe ich für Sie auch noch einen Preisvorteil.

Die Vanillin-Preise sind zurückgegangen, ich sage das nicht ohne Bedauern, die Vanillepreise weiterhin recht hoch, also können Sie durch die Verwendung von Vanillin preisgünstiger produzieren."

Der Verbandspräsident war sichtlich beeindruckt von Wilhelms Argumenten und versprach, die Informationen bei der Vorstandssitzung weiterzugeben.

Euphorisch verließ Wilhelm das Besprechungszimmer. Jetzt konnte er es richtig schaffen!

Die deutsche Schokoladenindustrie benötigte bislang etwa 4000 Kilogramm Vanilleschoten jährlich, das wären ersatzweise 80 Kilogramm Vanillin.

Ihm war nach Feiern zumute. Nur schade, dass er Luise nicht mitgenommen hatte, so musste er allein zur Vorstellung von *Rigoletto* in die Semperoper gehen. Und anschließend würde man sehen, was Dresden sonst noch zu bieten hätte.

22

Immer, wenn Wilhelm mit seinen Arbeitern in der Wirtschaft *Zum Grünen Jäger* nach erfolgreicher Arbeit zusammen saß, interessierte er sich besonders für deren Sorgen. Die meisten waren jung, wollten eine Familie gründen und suchten nach einer Wohnung möglichst in der Nähe der Fabrik.

Besonders sein Vorarbeiter Karl lag ihm am Herzen. Seine Frau und drei Kinder hatte er zu versorgen und wohnte unter erbärmlichen Bedingungen in der Oberen Straße. Instinktiv fühlte Wilhelm, hier musste er helfen, hier war er als Arbeitgeber gefordert, aber wie?

Da fiel ihm spontan der Erholungsort *Grünenplan* ein. Nicht weit entfernt gelegen von Holzminden, hatte er doch in dem *Glasmacherort* einen wundervollen Urlaub mit Luise, den Kindern und der Mutter verbracht. Aber was ihn damals besonders beeindruckt hatte, das war die planmäßig angelegte Arbeitersiedlung.

Auf Anregung des braunschweigischen Herzogs Carl I war dort im 18. Jahrhundert mit der Spiegelglashütte eine große Manufaktur entstanden, und die vielen Arbeiter benötigten Wohnraum.

Daraufhin ließ der Forstmeister Johann Georg von Langen diese Siedlung bauen.

Wilhelm hatte die Häuser mit jeweils einem kleinen Garten für Gemüseanbau noch genau vor Augen. Warum sollte man so eine Idee nicht auch in Holzminden verwirklichen können?

Wilhelm dachte an sein schwieriges Verhältnis zu Bürgermeister Schrader und fühlte sich erneut herausgefordert. So wie er sich für die Wasserrechte einsetzen musste, so würde er auch für so ein Wohnprojekt die Auseinandersetzung suchen.

Leider lebte sein Onkel Friedrich Ludwig nicht mehr, der als Gründer der Baugewerkschule großen Einfluss in der Stadt hatte und ihn sicher unterstützt hätte.

In weiser Voraussicht hatte Wilhelm schon vor einiger Zeit ein größeres Grundstück nördlich der Fabrik erworben, das noch nicht erschlossen war.

Bei der Vorstellung seiner Pläne in der Verwaltung kam es, wie es nach seinen Erfahrungen kommen musste, die allgemeine Ablehnung war groß.

Eine Arbeitersiedlung passe nicht in das Stadtbild einer Ackerbürgerstadt im Weserraum mit ihrer Fachwerkarchitektur. Auch seien mit den Prachtbauten wie Gymnasium und Rathaus inzwischen ganz andere Maßstäbe gesetzt worden.

Wilhelm kochte innerlich und verwies auf das Bauvorhaben in *Grünenplan*, das immerhin der hoch geehrte Forstmeister von Langen realisiert habe.

Doch die Verwaltung blieb stur. Der Bürgermeister ließ über Mittelsmänner ausrichten, die Gemeinde sei knapp bei Kasse.

Jetzt war Wilhelms Kampfgeist geweckt.

Erst als er gegenüber dem Baudirektor signalisierte, die Arbeiterhäuser stilistisch durch Fachwerkbauweise in Verbindung mit einer Verkleidung aus Sandsteinplatten anzupassen, kam etwas Bewegung in sein Vorhaben.

Der Durchbruch erfolgte jedoch erst nach seinem Kontakt mit der Loge. Er hätte eher daran denken sollen. Plötzlich ging alles schnell. Der Stadtrat verfügte die Erschließung durch eine Straße.

Bei der Benennung der Straße wusste Wilhelm, dass er es wieder einmal geschafft hatte. Mit dem Namen Liebigstraße, immerhin benannt nach dem größten Chemiker der damaligen Zeit, brachte man in seinen Augen die Verbundenheit mit der chemischen Industrie zum Ausdruck. Nun konnte die Siedlung geplant und gebaut werden, das wurde auf jeden Fall realisiert.

Für sich privat würde er allerdings aus dem ganzen Vorgang Konsequenzen ziehen.

Auch er hatte schließlich Pläne, wie er seiner Familie ein angenehmes Zuhause verschaffen könne. In dem Nachbarort Höxter war man ihm gegenüber in einem Vorgespräch sehr aufgeschlossen gewesen.

Mit dem Architekten Bruns besprach er Einzelheiten über das Bauprojekt an der Liebigstraße, und es entstanden dann 14 eingeschossige Doppelhäuser in Fachwerkbauweise, die mit Sandsteinplatten verkleidet wurden.

Sie enthielten zwei heizbare Zimmer, vier Kammern, Küche, Keller und Bodenraum. Dazu gehörten jeweils ein Stallgebäude für Kleinvieh und ein Viertel Morgen Garten.

Sein Vorarbeiter Karl freute sich riesig, war er doch einer der ersten Mitarbeiter, der eines dieser praktischen Häuser billig mieten konnte.

Doch Wilhelm stellte auch Grundstücke zur Verfügung, wenn Familien ein eigenes Haus bauen wollten. Bei der Erschließung der Grundstücke gab es neben dem Straßenbau auch in der Wasserversorgung einen gewaltigen Fortschritt.

Nachdem 1885 die erste Brücke über die Weser den Fährdienst abgelöst hatte, wurde drei Jahre später auch die erste Wasserleitung verlegt, eine Kanalisation war allerdings noch nicht in Aussicht.

Für Wilhelm war es wichtig, dass seine Mitarbeiter in der Nähe ihres Arbeitsplatzes wohnen konnten und sich auch wohlfühlten in der Kleinstadt an der Weser.

Das Leben dort war beschaulich, es gab in den zahlreichen Vereinen wie Arbeiterbildungsverein, Gewerbeverein, Konsumverein, Hausfrauenverein, Gesangsverein, Turnverein, Schützenverein oder auch Kriegerverein viele Möglichkeiten, sich mit Gleichgesinnten zu treffen.

Gesellschaftliche Höhepunkte bildeten im Verlauf des Jahres die kirchlichen Feiertage, Kaisers Geburtstag, der Sedantag und vor allem das Schützenfest.

Das waren die angenehmen Seiten im Leben der Gemeinschaft, was Wilhelm aber gar nicht gefiel, war der offensichtlich fehlende Wille für Bildung und Fortschritt in der Gesellschaft und ein gewisser Hang zum Vandalismus der Jugend.

So hatte er sich fürchterlich darüber aufgeregt, dass doch tatsächlich erwogen wurde, die Grenze für Kinderarbeit auf zehn Jahre herabzusetzen, da die Arbeit Segen bringe. Und was den Vandalismus betraf, so wurden immer wieder mutwiilig Dinge zerstört; erst kürzlich wurden in der Christnacht an der Straße zwischen Allersheim und Holzminden über vierzig junge Apfelbäume entwurzelt. Auch gab es an der Treppe am Unteren Teich einen Vorfall, als junge Burschen einen älteren Herrn mit einem Faustschlag niederschlugen.

Schmunzeln dagegen konnte er über gewisse – in seinen Augen übertriebene – Vorschriften der Verwaltung, die anmahnte, das Austreiben der Schweine auf die Zeit vor 7 Uhr zu begrenzen, und wer zulasse, dass Schweine sich längere Zeit in der Stadt aufhielten, werde bestraft.

Auch konnte er nicht verstehen, dass das preußische Oberverwaltungsgericht die Züchtigung durch einen Lehrer deckte und ausdrücklich betonte, dass er zu empfindlicher körperlicher Züchtigung berechtigt war, blaue Flecken und Striemen wären keine merklichen Verletzungen.

Wilhelm erinnerte sich an seine Kriegserlebnisse und dachte darüber nach, ob es jemals eine Zeit ohne Gewalt unter den Menschen geben würde.

Er war harmoniebedürftig und wollte nichts anderes als ein gutes und friedliches Leben für seine Familie und seine Mitarbeiter.

Dazu wollte er beitragen sowohl als Unternehmer als auch als Bürger.

23

Nach der Geburt des zweiten Sohnes Reinhold am 30. Januar 1890 reifte bei Wilhelm und Luise der Entschluß, ein Haus zu bauen. Sie brauchten einfach mehr Platz als hier an der Allersheimerstraße. Die Zusammenarbeit mit der hiesigen Verwaltung hatte sich zwar gebessert, es blieb aber ein gewisses Unbehagen gegenüber dem Bürgermeister und der sozialdemokratischen Mehrheit im Stadtrat.

Der Bürgermeister von Höxter, Leisnering, übrigens mit gleichem Vornamen, Wilhelm ein Gefühl der Verbundenheit gab, war sehr aufgeschlossen gegenüber seinen Ansiedlungsplänen. Er bot ein großes Grundstück am Ziegenberg an mit herrlichem Blick auf die Weser und versprach sich von dem wohlhabenden Fabrikanten so manchen Vorteil für seine Stadt.

Wilhelm fand den Gedanken reizvoll, seinen zukünftigen Wohnort etwas außerhalb seiner Fabrik zu nehmen.

Dann könnte er auch endlich einen Traum verwirklichen und sich Pferde und eine Kutsche mit Kutscher anschaffen. Gemütlich würde er täglich die Strecke zwischen Villa und Fabrik hin und her pendeln. Luise hatte schon gewisse Vorstellungen, eine Villa im marokkanischen Stil sollte es sein.

Wilhelm wusste, woher diese Vorliebe kam. Vielleicht hätte er doch nicht mit Luise zum Linderhof fahren sollen. Dieser verrückte Bayern-König Ludwig mit seinem Hang zum Orient!

Wilhelm dachte sofort, jetzt muss ein namhafter Architekt her, schon oft hatte er den Namen Constantin Uhde aus Braunschweig gehört.

Er kaufte das Gelände hoch über der Gondelheimer Straße am Ziegenberg außerhalb der alten Wallanlagen. Es bot genügend Platz auch für ein Gästehaus sowie einen englischen Landschaftsgarten – auch ein stiller Traum von Luise.

Mitte April beantragte er beim Magistrat eine Baugenehmigung, und einen Tag später bekam er den Bauerlaubnisschein für seine Villa.

Als braunschweigischer Staatsbürger war es für ihn naheliegend, das Braunschweiger Bauunternehmen Fröhlich & Baumkauff mit der Durchführung zu beauftragen, zumal es in Höxter und Holzminden kein Baugeschäft gab, das so ein Bauwerk im Stil des Historizismus errichten konnte.

Der namhafte Architekt Constantin Uhde hatte sich beim Entwurf der Fassaden an florentinischen Renaissancepalazzi orientiert.

Nachdem Luise ihre Präferenz für marokkanische Stilelemente zum Ausdruck brachte, wurden auch spanisch-maurische Elemente einbezogen.

Wilhelm bestand darauf, dass roter Wesersandstein neben farbigen Backsteinen verwendet wurde. Typisch für das Erdgeschoss waren waagerechte Streifen aus roten und gelben Ziegeln, während beim 1. Obergeschoss gelbe Ziegel das Bild prägten. Beim Mezzanin dagegen ergänzten rote Rauten optisch die Streifen des Erdgeschosses.

An der Dachkante bildete sich durch weite Konsolen jeweils eine tiefe Schattenzone, während die Tür- und Fensterbögen abwechselnd mit drei gelben und drei roten Ziegeln hervorstachen.

Wilhelm war sich darüber im Klaren, dass der Grundriss der Villa den Reichtum eines Unternehmers in der Kaiserzeit widerspiegelte. Beim Eingang dagegen galt Understatement, er lag unauffällig an der Seite.

Das Erdgeschoß wurde geprägt durch eine eingebaute Holztäfelung mit einem Büffet, einem Speise- und Schlafzimmer sowie fünf Wohnzimmer.

Im 1. Obergeschoß lagen dann die Schlafzimmer der Familie und auch Gästezimmer, im Mezzanin Räume für das Personal und im Keller die Küche mit Hauswirtschaftsräumen.

Die Auffahrt von der Gondelheimer Straße säumten zwei hohe Steinsäulen mit Laternen und einem schmiedeeisernen Tor. Eine Stützmauer sicherte das Grundstück . An der Auffahrt hatte Uhde dann im Stil der Villa die Kutscherwohnung mit Pferdestall errichtet.

Wilhelm genoss sichtlich sein Glück, als er erstmalig in seinem englischen Landschaftsgarten flanierte, auf seiner Englandreise hatte er die englische Gartenarchitektur lieben gelernt. Nur schade, dass er nicht auch die Vanillepflanze kultivieren konnte. Aber warum sollte er nicht zumindest ein Gewächshaus vorsehen?

Überhaupt gingen seine Baupläne schon viel weiter, er liebäugelte mit einem Gartenhaus für die Gärtner, einer Wagenremise sowie einem Sommerhaus in ferner Zukunft, wenn die Kinder zu Besuch kommen würden.

Wie dankbar war er dem Schicksal, sich durch seine Erfindung und sein Unternehmertun so ein Refugium schaffen zu können.

Ihm war bewusst, dass man für ein normales Einfamilienhaus 7000 Reichsmark auf den Tisch legen, er dagegen mehr als das Zehnfache ausgeben musste.

24

Wilhelm gab mit hochrotem Kopf den Zeitungsbericht mit der Schlagzeile *Vergiftung durch Vanille* an Tiemann weiter. Bei dem Verzehr von Vanille-Eis waren Magen-Darm-Erkrankungen aufgetreten, und man sprach dabei von Vergiftungen.

Als Ursache wurde vorschnell die Vanille bzw. die feinen Kristalle auf der Oberfläche der Schoten und damit auch der künstlich hergestellte Aromastoff Vanillin ausgemacht. Bereits in den Jahren zuvor hatten Autoren von giftigen Bestandteilen der Gewürzvanille berichtet, angeblich verursacht durch den Milchsaft eines Giftbaumes, an dessen Stamm die Vanille gezogen wird, denn die Vanille ist ein Schlinggewächs. Auch von Milben war die Rede, als in Bordeaux Arbeiter an Krätze erkrankten, die zuvor mit dem Sortieren von Vanille in Lagerhäusern beschäftigt waren.

Es gab aber auch Stimmen, die Bakterien in der Milch auch als eine Ursache einstuften. Bei einer Vergiftung durch Vanille in Brooklyn stellte man fest, dass Milch, die im gleichen feuchten Keller aufbewahrt wurde wie das Vanilleeis, zu ähnlichen Vergiftungserscheinungen führte, wie *The World* berichtete.

„Jetzt haben wir zusammen mit den Vanille-Importeuren ein Problem.

Gerade war das synthetische Vanillin dabei, den Markt zu erobern – so eine Pressekampagne können wir überhaupt nicht gebrauchen“, meinte Wilhelm, „die Kunden sind verunsichert und kaufen unser Produkt nicht mehr.“

„Ich bin davon überzeugt, unser Vanillin ist nicht der Verursacher dieser Erkrankungen. Wir sollten Dr. Preusse als Gutachter beauftragen, die Ungiftigkeit von Vanillin im Tierversuch zu beweisen", antwortete Tiemann.

So bekam dann Oberstabsarzt Dr. Preusse den Auftrag, das Vanillin gründlich auf seine Verträglichkeit zu überprüfen. Dabei konnte er sich auch auf die Dissertation von Dr. v. Wistinghausen stützen, der ebenfalls bereits das Vanillin pharmakologisch untersucht hatte. Das Ergebnis war eindeutig, Vanillin war völlig ungiftig!

Aber wie den Schaden begrenzen? Jetzt musste wieder viel Aufklärungsarbeit geleistet werden. Wilhelm war es so leid, immer wieder musste er kämpfen. Kämpfen gegen Wettbewerber, kämpfen vor Gericht und gegen Verleumdungen.

Erst langsam klang die Kampagne gegen Vanillin wieder ab, und man kam zu der Einsicht, dass man bei der Herstellung und Lagerung von Vanille-Eis die elementarsten hygienischen Voraussetzungen beachten musste.

25

Gerade war man noch einmal davongekommen. Wilhelm dachte mit Schaudern an die Pressekampagne gegen die Vanille zurück.

Wie anfällig er doch als Vanillin-Fabrikant mit nur einem Produkt bei Absatzkrisen war. Dabei gab es bei den Riechstoffen so viele interessante Möglichkeiten.

Es war höchste Zeit für die kleine Firma, das Risiko auf mehrere Produkte zu verteilen.

Schon immer hatte er sich für den Riechstoff Cumarin interessiert, der als Naturstoff sowohl in der Waldmeisterpflanze als auch in der Tonkabohne enthalten ist.

Mit seinem angenehm würzigen Geruch hatte ihn Cumarin immer stark an Vanille erinnert. Schon oft hatte Wilhelm im Frühjahr auf den kalkreichen Waldböden in der Umgebung einen Strauß Waldmeisterpflanzen gepflückt, um damit eine Bowle zu bereiten. Beim Trocknen dieser Pflanzen breitete sich ein intensiver Duft nach frischem Heu aus, das war ihm schon immer ein Rätsel gewesen.

Die Tonkabohne dagegen wuchs im tropischen Afrika sowie in Südamerika.

Ihr Duft war etwas besonderes, er war süß und venusisch und wirkte angeblich gemütserhellend sowie hypnotisch erotisierend. Er hatte schon beobachtet, dass die Bohne als Amulett für Liebe und Glück getragen wurde.

In Südamerika sollte dieses Amulett gegen Krankheiten schützen und in Geldbörsen aufbewahrt für Wohlstand und die Erfüllung von Wünschen sorgen.

Die Tonkabohne wurde als Gewürz hauptsächlich in Desserts eingesetzt und galt häufig auch als Ersatz für Vanille.

Deshalb lag der Gedanke eigentlich in der Luft, nach dem Vanillin jetzt auch das Cumarin in den Fokus zu nehmen. Während der Anteil an Cumarin beim Waldmeister bei einem Prozent der Trockenmasse lag, war er bei der Tonkabohne zwei bis dreimal so hoch.

Das Cumarin war wirtschaftlich sehr interessant, denn es fand reißenden Absatz in der Parfum- und Schnupftabakfabrikation.

Warum sollte es nicht gelingen, auch diesen Stoff synthetisch zu erzeugen?

Dazu bot sich der neue Syntheseweg nach Reimer-Tiemann geradezu an.

Als Ausgangsprodukt diente dabei der Salicylaldehyd.

Schließlich hatte er doch gerade mit Dr. Köhler einen weiteren fähigen Chemiker eingestellt, der die technische Ausarbeitung der Synthese übernehmen könnte.

Gesagt, getan: Nach einem halben Jahr war es soweit, der Duftstoff war fertig.

Immerhin 500 Reichsmark konnte man pro Kilogramm dafür erzielen.

Sowohl in Holzminden als auch in Paris lief die Produktion an.

So gelangte auch eine Probe des Cumarins über Tiemann an seinen Mentor Hofmann in Berlin.

Hofmann war Feuer und Flamme für das synthetische Cumarin und erinnerte sich an den Genuß von Waldmeister-Bowle in seiner Jugend.

Er war nicht mehr zu bremsen und hatte die fixe Idee, mit dem synthetischen Produkt eine Bowle anzusetzen. Er machte sich sofort an die Zubereitung einer Maibowle, um sie in seinem Arbeitskreis zu verkosten.

Das Ergebnis war wohl nicht ganz unproblematisch, denn alle wurden am nächsten Morgen von Kopfschmerzen geplagt.

Auch Tiemann hatte ordentlich gebechert, obwohl ihm klar war, dass Cumarin im Gegensatz zum Vanillin kein Lebensmittel, sondern ein reiner Riechstoff war, und der sollte es gefälligst bleiben. Aber wie oft war man leichtsinnig, besonders, wenn die Bowle doch so köstlich schmeckte. Natürlich war das Cumarin auch in der Waldmeisterpflanze enthalten und wurde seit ewigen Zeiten zum Würzen der Maibowle verwendet. Aber der Chemiker weiß: Da gibt es die Isomerie, und dabei unterscheiden sich zwei nahezu identische Substanzen durch ein winziges Detail in ihrer Formel und damit in ihren Eigenschaften.

„Vielleicht ist die Chemie in einigen Jahren soweit, auch diese feine Isomeriefrage beim Cumarin aufzudecken", meinte Tiemann, als er sich mit Wilhelm nach diesem feuchtfröhlichen Abend mit Folgen wieder in der Fabrik traf.

Die Produktion von Cumarin für die Riechstoff-Industrie lief auf jeden Fall hervorragend.

Wilhelm war zufrieden, seine Fabrikation ruhte nun auf zwei Beinen und sein Bankkonto wuchs und wuchs.

26

Wilhelm wußte, dass er mit Tiemann einen genialen Chemiker an seiner Seite hatte.

Zusätzlich wurde noch Dr. Krüger eingestellt, ein ebenfalls sehr kompetenter Riechstoffchemiker.

Und er ahnte instinktiv, dass noch eine weitere große Entdeckung in der Luft lag.

Da gab es einen Duft in der Parfümerie, den alle liebten, und das war der Duft der Veilchen.

Man sammelte die Parma- und Viktoriaveilchen, um ihren Duft in Alkohol zu konservieren. Nach der Destillation erhielt man das hochbegehrte Veilchenblütenabsolue bzw. das Concrète als Paste.

In der französischen Riechstoffindustrie wurde besonders die wohlriechende Florentiner Veilchenwurzel eingesetzt.

Damit konnten dann die Parfümeure ihre vielfältigen Parfumes gestalten.

Leider gab es zuwenig davon bei entsprechend hohen Preisen.

„Wir brauchen unbedingt den Veilchenduft, wir müssen erforschen, welche Substanz dahintersteckt", meinte Wilhelm im Gespräch mit Tiemann.

Tiemann machte sich an die Arbeit.

Die Veilchenwurzel wurde zerlegt, und er fand neben Zellulose, Stärke und Fett noch eine Zuckerverbindung und ein wohlriechendes ätherisches Öl.

War es ähnlich wie beim Vanillin, dass sich die Zuckerverbindung als Muttersubstanz ihres Duftstoffes erweisen würde?

Die Verbindung wurde gespalten, und es entstand neben Traubenzucker eine geruchlose phenolartige Substanz. Dieser Weg führte ihn zunächst in eine Sackgasse

Aber so schnell wollte er nicht aufgeben.

Er musste einen anderen Weg nehmen als beim Vanillin.

Also zurück zum ätherischen Öl, sicherlich ein Gemisch von vielen Substanzen.

Durch eine Destillation konnte man sie voneinander trennen.

Die Spur war richtig, übel riechende Verbindungen hatte man jetzt abgetrennt.

Und das Ergebnis war köstlich:

Eine wasserhelle Flüssigkeit verbreitete einen intensiven Veilchenduft.

Als dann auch noch die Struktur aufgeklärt wurde, indem man eine Wasserabspaltung durchführte und zu einem Kohlenwasserstoff gelangte, konnte Tiemann wieder aus vollem Herzen *Heureka* sagen.

Es war ein Keton mit ringförmiger Struktur und gehörte zu der noch unerforschten Gruppe der Terpene.

Der Duftstoff erhielt den Namen Iron.

Doch jetzt begann erst die eigentliche Aufgabe für Tiemann.

Warum sollte es nicht gelingen, diesen Naturstoff im Labor herzustellen?

Gerade Tiemann war dazu prädestiniert, zusammen mit dem Terpen-Spezialisten Krüger.

„Ich denke ständig an den Veilchenduft: Das Iron herzustellen, wäre mein Traum", meinte Wilhelm im Gespräch mit Tiemann.

Tiemann und Krüger hatten keine Ruhe mehr.

Auch Wilhelm war optimistisch, dass sie auf dem richtigen Weg waren, und vertraute auf die Genialität seines Freundes Tiemann.

„Vielleicht sollten wir auf den Naturstoff Citral zurückgreifen, den wir doch im Lemongrasöl aus Indien zur Verfügung haben", sagte Wilhelm, wußte aber im Moment selbst nicht, wie er auf diese Idee gekommen war, vielleicht war es der Duft von Zitronengrasöl, der ihn inspiriert hatte, vielleicht aber auch die Strukturformel von Citral?

Er kannte das Citral gut, war es doch auch ein Duftstoff für Seifen und in dem westindischen Zitronengras enthalten.

Aber besonders seine Strukturformel hatte es ihm angetan.

Es gab eine Ähnlichkeit zu dem soeben entdeckten Iron.

„Man müsste aus einer Molekül-Kette einen Ring herstellen – für einen Chemiker eine schwierige Aufgabe", meinte Wilhelm zu Tiemann.

„Wir versuchen es mit Aceton und Citral, ich greife Deinen Vorschlag gern auf, so einen Ringschluss können wir eventuell durch Wasserabspaltung hinbekommen."

Tagelang wurde nun eine Mischung von Citral und Aceton mit speziellen Chemikalien erhitzt, neutralisiert und destilliert.

Das Ergebnis war zunächst enttäuschend, nämlich ein wasserhelles Oel ohne besonderen Geruch.

Aber sie gaben nicht auf, sie spürten, dass sie dem Veilchenduft dicht auf der Spur waren.

Das Öl wurde mit Säuren behandelt, immer wieder bis zum Sieden erhitzt, mit Äther versetzt und zum Schluß destilliert.

Schon als die ersten Tropfen des Destillates getestet wurden, war die Sensation perfekt.

Sie hatten einen neuen Duft entdeckt.

Es war ein ungemein intensiver, sehr angenehmer Geruch, nämlich der Duft nach Veilchen, und gleichzeitig wurde man an die Weinblüte erinnert.

„Ich nenne diesen künstlichen Riechstoff Jonon", sagte Wilhelm spontan.

„Es ist von den Eigenschaften her nicht ganz unser Iron, aber der Duft ist äußerst interessant", meinte Tiemann.

Dann machten sie noch eine Entdeckung, zunächst etwas beunruhigend:

Plötzlich war der Duft weg. Besonders an feuchten Tagen verschwand der Geruch des Jonons völlig, um dann aber unvermittelt wieder vorzudringen.

Wilhelm erinnerte sich daran, diese Erscheinung auch schon bei Veilchen bemerkt zu haben.

Es musste sich um eine subjektive Wahrnehmung handeln, der Geruch war nicht wirklich weg. Sicherlich hervorgerufen durch eine zeitweilige Abstumpfung der Riechnerven beim längeren Kontakt mit Jonon.

Nachdem sie mit der Probe, die ihnen plötzlich geruchlos erschien, eine Weile später an die frische Luft gingen, konnten sie wieder den ursprünglichen Veilchenduft wahrnehmen.

Jetzt war man natürlich gespannt auf die Formel dieser Verbindung, und das gab ihnen schon ein Rätsel auf. Die Summenformel war identisch mit dem Iron, und auch die ringförmige Strukturformel schien identisch zu sein.

Aber es war doch nicht dieselbe Substanz!

Sie ahnten beide, dass auch hier die Isomerie eine Rolle spielen musste.

Ein winziger Unterschied führte zu einem anderen Stoff mit neuen Eigenschaften.

Etwas später konnten sie sogar im Labor feststellen, dass ihr Jonon wiederum aus zwei Isomeren mit unterschiedlichen Duftnoten bestand, ja sie waren sogar in der Lage, die Anteile durch Säurezugabe zu steuern.

Der Duft war so vielversprechend, dass man Jonon sofort in die Produktion nahm, zumal der technische Aufwand gering war.

Schon bei der Entdeckung hatten sie beim Kaiserlichen Patentamt die Erfindung eingereicht, die ihnen unter der Nr. 73089 anerkannt wurde.

Doch Wilhelm wußte, auch wenn sie alle von der neuen preiswerten Duftqualität überzeugt waren, sie hatten noch lange nicht gewonnen.

Da gab es die Zunft der Parfümeure, die wahren Könige der Duftstoffe, so z.B. Pierre-Francois-Pascal Guerlain in Frankreich, immerhin Hoflieferant am Kaiserhaus.

Sie konnten den Daumen heben oder auch senken, dann war alles dahin.

Bislang waren die französischen Parfumes in der ganzen Welt führend, in Deutschland dagegen gab es nur das Eau de Cologne, welches im 18. Jahrhundert von Johann Maria Farina entwickelt worden ist.

Wilhelm konnte schon ein Lied davon singen, die Parfümeure waren bislang daran gewöhnt, nur mit natürlichen Duftstoffen zu arbeiten und daher sehr mißtrauisch, als die ersten künstlichen Riechstoffe wie Cumarin auf den Markt kamen.

Deshalb ging er bei der Vorstellung des neuen Veilchenduftes sehr behutsam vor.

Er selbst hatte noch keinen eigenen Parfümeur, aber es war sicher nur eine Frage der Zeit. Sollte sich der Riechstoffmarkt weiter so rasant entwickeln, so musste natürlich auch in seiner Firma eine Abteilung für Parfümeure mit entsprechendem Handwerkszeug wie beispielsweise einer Duftorgel etabliert werden.

Warum sollte er sich nicht direkt an den berühmten Parfümeur Guerlain in Frankreich wenden, um sein neues Produkt vorzustellen?

Gesagt, getan: Über die Zweigniederlassung in Paris mit seinem Partner de Laire wurde Kontakt aufgenommen und Proben wurden geliefert.

Die Zeit verging, man hörte nichts von Guerlain.

Dann kam die Nachricht, und sie schlug ein wie eine Bombe.

Er war begeisert – auf so ein Produkt hatte man gewartet.

Gezielt konnten die Parfümeure jetzt beide Isomeren von Jonon je nach Kopfnote des Parfumes variieren und hatten nun neben Vanillin und Cumarin ganz ungeahnte Möglichkeiten, einen neuen Duft zu kreieren. Sofort kurbelte Wilhelm die Produktion von Jonon an, stellte weitere Mitarbeiter ein und erweiterte die Produktionsräume.

Dank Jonon begann jetzt auch ein rasanter Aufschwung der deutschen Riechstoff-Industrie. Größere Gewinne stellten sich rasch ein, und Wilhelms Konto wuchs und wuchs.

Wilhelm würde das Geld gut anlegen, vielleicht in einer Stiftung für in Not geratene Mitmenschen.

27

Schon morgens war spürbar, dass es am 1. Juli 1898 in Berlin ein heißer Sommertag werden würde. Der Prozess Haarmann & Reimer gegen Fritsche & Co war einberufen um 8 Uhr in Saal 5 des Reichsgerichts Berlin.

Tiemann hatte schlecht geschlafen und viel geträumt. Wie ein Zeitraffer erschienen ihm seine endlosen Tagesstunden im Labor und Nachtstunden am Schreibtisch, seine Tätigkeiten als Experimentator, Lehrer und Schriftsteller und auch Fabrikant.

Dann wurden seine Erinnerungen heller, er dachte an seine Hochzeit 1884 mit Clara, an die drei gesunden Kinder und den herrlichen Landsitz vor den Toren von Berlin.

Doch dann kehrten seine Gedanken zurück zur Universität. Die ganze Bandbreite akademischer Würden hatte er durchlaufen bis zum Honorarprofessor 1891.

Er hatte fünfzehn Jahre lang unermüdlich neben seiner Forschertätigkeit die Redaktion der *Berichte* in der Gesellschaft Deutscher Chemiker geführt.

Erst kürzlich wurde er entlastet und war feierlich verabschiedet worden.

Eine besondere Weihe wurde der Feier dadurch verliehen, dass das Unterrichtsministerium sich entschlossen hatte, die geplante Ernennung zum Geheimen Regierungsrat auf den gleichen Tag zu verlegen.

Doch heute litt er wieder einmal unter Atemnot und hatte sich etwas hastig von Clara verabschiedet.

„Denk bitte an Dein schwaches Herz", hatte sie noch geflüstert und ihn besorgt angesehen.

Und dann noch dieser fürchterliche Prozess!

Er war es so leid und so voller Zorn!

Wie viel Mühe hatte er sich beim schriftlichen Verfassen des Einspruchs gegeben, mit welcher Akribie hatte er Schritt für Schritt die Begründung entwickelt!

Und wie war die Resonanz der Konkurrenzfirma?

Einen auf „Staatskosten unterhaltenen Professor, der sich in den Dienst einer bestimmten Firma stellt“, so wurde er bezeichnet!

Tiemann wurde von Professor Semmler und Dr. Springer sowie dem Patentanwalt Glaser unterstützt.

Wilhelm hatte als Patentanwalt den Königlichen Geheimen Kommissions-Rath Glaser aus Berlin mit der Prozess-Führung beauftragt. Die Gegenseite wurde vertreten durch den Patentanwalt Ostermann aus Frankfurt a.M.

Richter Robel eröffnete das Verfahren Haarmann & Reimer wider Franz Fritzsche & Co. wegen Patentverletzung.

Für den Richter war das schon wieder so ein Fall, von dem er inhaltlich wenig verstand. Zwar kannte er das Eugenol vom Zahnarzt, und er verzog unwillkürlich das Gesicht, aber an Zahnschmerzen wollte er eigentlich nicht erinnert werden.

Aber dieses Isoeugenol war ihm sowieso ein Rätsel.

Doch ein Richter musste nicht alles verstehen, schließlich gab es dafür die Gutachter, und dieser Professor Wallach schien doch eine Kapazität zu sein.

Tiemann ging so einiges durch den Kopf, bevor er aufgerufen wurde.

Natürlich war ihm inzwischen bewusst, dass die Gegenseite ein sehr wirtschaftliches Verfahren ausgetüftelt hatte. Als Ausgangsprodukt nahm man das Nelkenöl, und der Schritt zum Eugenol wurde ganz übersprungen.

Die Apparatur bestand dabei aus einer Destillierblase mit absteigendem Kühler.

Aber wie hatten sie sich ausgedrückt? Er habe einen „anmaßenden ärgerlichen Ton"!

Außerdem musste er an die wirtschaftlichen Interessen der eigenen Firma denken.

Sein Zorn war nicht verraucht, ganz im Gegenteil.

Als er das Wort hatte, schilderte er dem Gericht, dass es vor dem Patent 57808 kein Verfahren – weder wissenschaftlicher noch technischer Natur – zur Herstellung von Isoeugenol aus Eugenol gegeben hat. Auch der Gutachter würde bestätigen, dass es sich bei dem Fritzsche-Verfahren um rein konstruktive Abänderungen des alten Verfahrens von so geringer Bedeutung handelt, dass darauf wohl kein Patent – nicht einmal in Abhängigkeit – erteilt werden könnte.

Dr. Ostermann von der Gegenpartei dachte einen Moment an seine erste Reaktion, als es vor einiger Zeit zur Ablehnung des Patentantrages gekommen war. Sicher war es unklug von ihm, vor dem ganzen Verfahren die Mitglieder des Patentamtes der Pflichtvergessenheit zu beschuldigen. Immerhin handelt es sich um die höchste technische Behörde des Reichs, die in unabhängiger und gewissenhafter Prüfung innerhalb ihrer Amtspflichten zu verfahren hat.

Aber jetzt fühlte er sich im Recht und führte im einzeln an, man benutze ein anderes Ausgangsmaterial, man gewinne zwei Endprodukte bei Überspringung des bisherigen Verfahrens, und schließlich sei die Auswahl des Reaktionsgefäßes entscheidend.

Wer jetzt noch Zweifel habe bei nur einem Drittel der bisherigen Herstellungskosten, dem sei nicht zu helfen!

Tiemann spürte, es lag etwas in der Luft, außerdem begann sein Herz wieder zu rasen.

Das Gericht zog sich zur Beschlussfassung zurück, um anschließend das Urteil zu verkünden.

Richter Robel verkündete mit schmalen Lippen, dass die Patentanmeldung von Fritzsche & Co. in Sachen Isoeugenol vollständig zurückgewiesen würde.

In der Begründung wurde u.a. nach §1 des Patentgesetzes ein Mangel an Erfindertätigkeit gesehen.

Tiemann griff nach seinem Taschentuch und atmete auf.

Er hatte das dringende Bedürfnis, den Gerichtssaal zu verlassen, um zum Telegraphenamt zu eilen. Wilhelm saß bestimmt auf heißen Kohlen, er wollte ihn schnell über diesen großen Erfolg informieren.

Beim Hinausgehen traf er auf Dr. Ostermann, der ihn mit verkniffenem Gesicht ansah und murmelte:

„Wir sehen uns bald wieder beim Jonon Prozess, dann läuft die Sache anders!“

28

Wilhelm betrachtete mit großer Sorge seinen Freund und wissenschaftlichen Berater Tiemann.

Dessen Kriegsleiden hatte ihn ein Leben lang begleitet, und seine Gesundheit hatte merklich unter den ständigen Auseinandersetzungen und Gerichtsverfahren mit der Konkurrenz gelitten.

Er war mehr der geborene Wissenschaftler und weniger der gewiefte nervenstarke Anwalt ihrer Geschäftsinteressen.

Gerade jetzt konnte er zusammen mit Krüger durch die Entdeckung des Veilchenriechstoffes seinen größten wissenschaftlichen Erfolg verbuchen.

Wilhelm war im Zwiespalt, denn die Gerichtsprozesse gingen weiter.

Seine Fürsorgepflicht sagte ihm, dass er Tiemann nicht mehr in das Feuer der Gerichtsverfahren schicken sollte, auf der anderen Seite war er aber nicht davon abzuhalten.

Doch nun ging mit der Entdeckung und Produktion des Jonons der Kampf erst richtig los.

Durch die hohen Preise von über 1000 Reichsmark, die pro Kilogramm bezahlt wurden, entstand ein großer Anreiz für illegale Geschäfte.

Er besaß zwar das Patent auf das Herstellungsverfahren, aber was nützte das, wenn windige Geschäftemacher damit begannen, in Kellerlaboren zu produzieren.

Denn rein technisch war der Aufwand nicht sehr groß, und die Verfahrensvorschrift konnte man ja dem veröffentlichten Patent entnehmen.

Die wertvolle Ware wurde dann in kleinen Phiolen im Handgepäck in verschiedene Länder, bevorzugt nach Frankreich, geschmuggelt.

Aber was noch viel schlimmer wog: Nunmehr war auch der große Konkurrent aus Hamburg in das Geschäft mit dem Veilchenriechstoff eingestiegen.

Wilhelm hielt die Werbeschrift von Franz Fritzsche & Co in den Händen und sagte entrüstet zu Tiemann:

„Ich kann es kaum fassen, diese Firma mit den drei Eulen als Schutzmarke bringt unser Produkt unter der Bezeichnung *Veilchen-Öl künstlich* auf den Markt und zwar für einen Preis von 1400-1700 Reichsmark pro Kilogramm, ohne eine Lizenz zu besitzen."

Tiemann machte ein ernstes Gesicht und sagte:

„Es hilft alles nichts, wir müssen schon wieder klagen. Ich möchte das unbedingt durchfechten. Als Entdecker des Jonons fühle ich mich dazu verpflichtet."

Wilhelm kämpfte mit sich, sah aber keine große Chance, Tiemann zu schonen.

Schließlich fiel ihm aber doch noch eine Möglichkeit ein:

„Wir haben bei uns die Herren Semmler und Schmidt, beide werden Dir helfen. Außerdem denke ich an Professor Adolf von Baeyer in München. Er ist eine Kapazität, wir sollten ihn als Gutachter vor Gericht gewinnen, er kann uns helfen. Ich werde den Kontakt zu ihm aufnehmen, und Dich schicke ich erst einmal zu einer Badekur nach Bad Nauheim."

Während Tiemann versuchte, sein Herzleiden in Bad Nauheim zu lindern, machte sich Wilhelm an die Arbeit.

Nach Einreichung der Klage beim Landgericht Hamburg gelang es ihm tatsächlich, den ihm persönlich sehr gewogenen von Baeyer als Gutachter für beide Parteien am Landgericht zu etablieren.

Im Auftrage des Gerichtes ließ er von beiden Parteien unter seinen Augen sowohl das Jonon als auch das *Veilchen-Öl künstlich* herstellen, wobei Dr. Schmidt für die Klägerin die Versuche durchführte.

Um eine möglichst große Objektivität zu gewährleisten, wurden vom Gutachter während der Versuche auch Beobachter beider Parteien eingeladen, die wiederum in ihrem Hause über die Ergebnisse berichten konnten.

Auch Tiemann, dessen Kur leider kaum eine Besserung gebracht hatte, wurde darüber informiert, dass die Dinge wohl nicht so schlecht für sie standen.

Statt Citral war man bei der Konkurrenz direkt vom Lemongrasöl ausgegangen, und es gab unterschiedliche Verfahrensweisen, aber ein patentfähiges neues Verfahren konnte er nicht erkennen.

Nahezu alles war von der Konkurrenz nachgestellt worden, er konnte sich schon wieder aufregen.

Er hatte nicht mehr die Kraft aufgebracht, persönlich an den Versuchen teilzunehmen.

Nach dem Einreichen des Gutachtens beim Landgericht wurde der Prozeß für den 16. Juni 1899 angesetzt.

Tiemann hatte noch im Hotel Atlantik seine Herztropfen genommen und kam gerade noch rechtzeitig zur Prozeßeröffnung der Zivilkammer II durch den Landgerichtsdirektor Dr. Gruner.

Und wieder traf er auf seinen Gegner Dr. Ostermann, der ihn keines Blickes würdigte.

Er konnte es eigentlch nicht begreifen, dass Fritzsche & Co. sich wieder auf dieses Niveau begaben und Patente mißachtet hatten, wo blieb da die alte hanseatische Kaufmannsehre?

Tiemann dachte daran, wieviel Mühe es ihn wieder gekostet hatte, die Klage zu beantragen.

Es wurde aber bald klar, dass es ein guter Tag für ihn und die Firma werden würde.

Trotzdem konnte er seine Aufregung kaum zügeln, als Dr. Gruner das Urteil verkündete:

„Der Beklagten wird untersagt, im Inland das bisher unter der Bezeichnung *Veilchen-Öl künstlich* vertriebene synthetische Produkt gewerbsmässig herzustellen [...] und zwar bei Vermeidung einer Strafe von 1500 Reichsmark für jedes hergestellte Kilogramm.

Die Beklagte hat die Kosten des Rechtsstreites zu tragen.

Das Urteil wird gegen eine von der Klägerin in Höhe von 50000 Reichsmark zu leistenden Sicherheit für vorläufig vollstreckbar erklärt."

Als Begründung führte er aus, laut Gutachter habe man das Produkt der Beklagten untersuchen lassen und festgestellt, dass dieses aus einem in der Wissenschaft und Technik *Jonon* genannten Stoff bestehe.

Das *Jonon* sei ein neuer Stoff, dessen Herstellung Gegenstand des D.R.P. der Klägerin No. 73089 sei.

Nach § 35 des Patentgesetzes gelte bei einer Erfindung, welche ein Verfahren zur Herstellung eines neuen Stoffes zum Gegenstand habe, bis zum Beweise des Gegenteils jeder Stoff von gleicher Beschaffenheit als nach dem patentierten Verfahren hergestellt.

Tiemann atmete auf, wenn auch die hohe Kaution ihm Kopfzerbrechen machte.

Als er zum Telegrafenamt eilte, um Wilhelm zu benachrichtigen, wurde er erneut von Herzstichen gequält.

Wilhelm nahm die erfreuliche Nachricht mit Erleichterung auf, merkte aber sogleich, dass esTiemann gesundheitlich immer schlechter ging.

Aber der war so pflichtbewusst, dass er unbedingt noch im Juli eine Dienstreise nach London antreten wollte.

Das Schicksal nahm seinen Lauf: Kurz nach seiner Rückkehr bekam er einen schweren Herzanfall.

Die Ärzte empfahlen dringend, den Winter in Meran zu verbringen.

Jetzt endlich konnte Wilhelm ihn dazu bewegen, sich zu schonen.

Im Oktober reiste Tiemann mit seiner Frau nach Südtirol.

Das mediterrane Klima im Talkessel von Meran führte langsam zu einer Besserung.

Tiemann liebte die Spaziergänge vom Kurhaus an der Passerpromenade entlang, und er begann schon wieder Pläne zu schmieden.

Er würde Briefe schreiben an Wilhelm und auch Adolf von Baeyer.

Und er würde sich um das Andenken seines Lehrers und Schwagers Hofmann kümmern, das hatte er sich schon 1892 bei dessen frühem Tod vorgenommen.

Er sollte eine Biografie über ihn schreiben.

Am 14. November schien die Sonne beim Spazierengehen entlang des Flusses.

Es sah aber nach einem Wetterumschwung aus, denn die Texelgruppe im Norden des Talkessels war plötzlich ganz klar zu sehen, immer ein Zeichen für einen Wetterwechsel.

Clara hatte den Eindruck, dass ihr Ehemann heute besonders fröhlich gestimmt war.

Und dann kam im Hotel abends der Herzanfall.

Es ging alles ganz schnell.

Der Kurarzt versuchte noch eine Wiederbelebung, aber Tiemann hatte mit 51 Jahren für immer Abschied genommen.

Wilhelm war tief erschüttert, als er am 19. November 1899 an Tiemanns Grab auf dem Friedhof Wannsee Abschied nahm.

Er fröstelte etwas und bemerkte, dass die Fichten im Grunewald den ersten Rauhreif zeigten.

Ihm wurde bewusst, dass sie dreißig Jahre erfolgreich zusammen gearbeitet hatten. Es gab Freude und Leid und niemals Streit.

Er legte einen Strauß Veilchen auf sein Grab und musste daran denken, was Witt, der Präsident der Deutschen Chemischen Gesellschaft, über Tiemann gesagt hatte:

Er schenkte Euch der süßen Düfte genug,
Von Rosen und Lilien und Veilchen.

29

Die Zeit war vergangen wie im Fluge, und nun sollten sie bereits 25 Jahre verheiratet sein? Luise wollte die Silberne Hochzeit feiern, Wilhelm lieber an die Riviera reisen mit einem Abstecher nach Grasse, wo die Düfte gesammelt und konzentriert werden.

Man einigte sich auf eine Feier, die Reise würde nachgeholt.

Mit 42 Personen traf man sich am 11. Mai 1901 in Goslar, an langen Tischen wurde gescherzt und gelacht und auf der Deele bis in die späte Nacht gefiedelt und Polka getanzt. Alle waren gekommen, nur der kleine elfjährige Reinhold lag krank zuhause im Bett, wohlbehütet von Anne, der guten Seele.

Inzwischen waren sie wieder zurück in ihrer Villa am Ziegenberg, die Wilhelm heimlich als seine „Burg" bezeichnete. Über zehn Jahre wohnten sie bereits hier und nie hatte er den Umzug bereut.

Kutscher Steckhahn gehörte fast zur Familie. Früh am Morgen spannte er die Pferde an und fuhr Wilhelm in die Fabrik. Wilhelm genoß den Weg über die Weserbrücke in Höxter und die Sollingstraße bis nach Altendorf, hier kamen ihm die besten Gedanken für den Tagesverlauf im Betrieb.

Immer ging alles gut auf der Strecke, bis auf den 4. Dezember vor drei Jahren.

Dunkle Wolken hingen am Himmel und ein schweres Wintergewitter war aufgezogen. Ein greller Blitzschlag schlug ganz in der Nähe ein und erschreckte sie zu Tode. In wilder Panik bäumten sich die beiden Pferde auf und galloppierten mit der schlingernden Kutsche davon. Sie war voll besetzt, denn Luise und Reinhold waren zugestiegen, um einen Arzt in Holzminden aufzusuchen. Kreidebleich musste der kleine Reinhold mit ansehen, wie Kutscher Steckhahn verzweifelt versuchte, die Pferde zu bändigen. Auch Luise wurde schon ganz aufgeregt, weil sie befürchtete, die Kutsche würde jeden Moment umkippen. Schließlich konnten alle aufatmen, endlich gelang es, die Pferde durch Zurufe zu beruhigen und zum Stehen zu bringen.

Seit diesem Vorfall blickte Steckhahn immer besonders aufmerksam in den morgendlichen Himmel, wenn sie sich auf den Weg machten. Der Schreck war ihm in die Glieder gefahren, und in der Zukunft lagen für solche Fälle immer Scheuklappen bereit.

So ein Jubiläumstag wie die Silberhochzeit macht einen doch nachdenklich. Dazu brauchte Wilhelm heute etwas Ruhe, deshalb musste die Fabrik einmal zurückstehen.

Er ließ seinen Kutscher die Pferde anspannen und sich dorthin kutschieren, wo er immer seine innere Ruhe fand. Es war die barocke Schlossanlage Corvey, nur wenige Kilometer von seinem Anwesen entfernt.

Das ehemalige Benediktinerkloster lag malerisch in der Nähe der Weser. Für ihn war es immer ein Ort der Ruhe und Besinnung gewesen. Er liebte die Abteikirche, die karolingischen Repräsentationsräume, den Kaisersaal und die fürstliche Bibliothek.

Ein ganz Großer hatte in der Bibliothek gewirkt. Als Student hatte Wilhelm den Bibliothekar August Heinrich Hoffmann, genannt Hoffmann von Fallersleben, noch kennengelernt, jetzt ruhte er auf dem stillen Friedhof im Klostergarten. Dass er ein Franzosenhasser war, hatte Wilhelm seinerzeit mit Befremden vernommen, auf der anderen

Seite bewunderte er ihn nicht nur für seine wunderbaren Liedertexte wie *Kuckuck, Kuckuck ruft's aus dem Wald,* sondern natürlich auch für das *Lied der Deutschen.* Einig war man sich allerdings bei Hoffmanns größtem politischen Wunsch: Die Bildung eines Deutschen Reiches 1871 unter Bismarck.

Wilhelm hatte sich mit dem Fürsten von Corvey, Viktor II, angefreundet, und gelegentlich rauchten sie im Herrensalon eine Zigarre, allerdings riefen den Fürsten seine politischen Ämter im Königreich Preussen oft ins ferne Berlin.

Auch mit Pater Benediktus konnte Wilhelm über sein Seelenheil und den Gottesbeweis philosophieren.

Kurzum, es gab immer einen Grund, die Kutsche in Richtung Corvey zu lenken. Heute wollte er jedoch allein den Klostergarten genießen und anschließend noch in die Abteikirche gehen. Steckhahn würde ihn rechtzeitig wieder abholen.

Friedlich ließ er sich hier im Garten auf seiner Bank neben dem Rosenbusch nieder.

Er schloß entspannt die Augen und dachte über sich und die Welt nach.

Ein reicher Mann war er geworden und ein *Herr der Düfte,* jawohl.

Auch weitergegeben hatte er vieles, geholfen seit vier Jahren jährlich mit einer Stiftung, ohne dabei in Erscheinung zu treten. Öffentliche Auftritte hasste er sowieso.

Und was die Düfte anbelangte, so war er besonders stolz auf den Vanilleduft, damit hatte alles begonnen. Und mit dem Veilchenduft kam dann der große wirtschaftliche Erfolg.

Aber abgeschlossen war das Thema Düfte für ihn noch nicht, die Natur hielt da noch viele Vorbilder bereit, so zum Beispiel den Lavendelduft.

An ihm sollte es nicht liegen, er hatte schon so manche Herausforderung angenommen und auch gemeistert.

Aber ob die nächste Generation die nötige Begeisterung hatte, um sein Werk fortzuführen?

Sein Sohn Wilhelm jun. war jetzt 24 und stand kurz vor seinem Doktorexamen in Chemie bei Professor Harries in Berlin.

Insofern waren alle Voraussetzungen für eine spätere Stabübergabe in der Firma vorhanden.

Eine wirklich bedingungslose innere Bereitschaft hatte Wilhelm bislang allerdings nicht erkennen können, eigentlich nur dann, wenn es zum traditionellen Schützenfest in der Heimatstadt ging. Immer dann war Wilhelm jun. Feuer und Flamme.

Aber er war ja noch jung an Jahren, was erst recht für seinen Bruder Reinhold mit 11 Jahren galt.

Dieser machte ihm viel mehr Sorgen wegen seiner gesundheitlichen Anfälligkeit, gerade jetzt musste er ja der Familienfeier wegen innerer Blutungen fernbleiben.

Töchter traten üblicherweise nicht in die Fußstapfen des Vaters, deshalb konnte er auch nicht auf Luise setzen.

Seine hübsche Tochter war seit 2 Jahren mit dem Juristen Heinrich Schröder verheiratet und widmete sich ganz ihrer Familie in Hagen.

Wilhem jun. müsste nach seinem Studium noch Erfahrungen außerhalb der Firma sammeln, er dachte da an die Zweigfirma in Paris, und auch in Richtung Amerika hatte er schon Pläne.

Der Tod von seinem Weggefährten Tiemann hatte eine große Lücke gerissen, ihm fehlte der Freund und wissenschaftliche Berater sehr.

In weiser Voraussicht war inzwischen ein ganzen Stab Chemiker aus der *Berliner Schule* eingestellt worden, dazu gehörten jetzt zusätzlich Kerschbaum, Lemme, Marwedel und Tigges, auf die er sich fachlich stützen konnte.

Ein heller melodischer Flötenton direkt neben seinem Ohr schreckte ihn aus seinen Gedanken auf, eine Amsel hatte sich im Rosenbusch niedergelassen und begann inbrünstig ihr Lied zu singen.

Es war Zeit für die Abteikirche und Kutscher Steckhahn würde schon am Schlosseingang warten.

30

Das Passagierschiff *Kronprinz Wilhelm* verabschiedete sich am 1. April 1903 mit einem lauten Signalton von Bremerhaven und nahm Kurs in Richtung Atlantik mit dem Reiseziel New York.

Wilhelm hatte mit seinem Sohn Wilhelm jun. gerade noch rechzeitig das Passagierschiff, das unter der Flagge des Norddeutschen Lloyd lief, erreicht.

Sie mussten sich sehr beeilen, weil der Junior unbedingt noch vorher ein Mädel treffen wollte. Immer wieder diese Weibergeschichten, ging es Wilhelm durch den Kopf.

Wann wird der Junge erwachsen, hat er doch glatt unsere geplante Transatlantikreise gefährdet, murmelte er in sich hinein. Aber jetzt wird er wenigstens in die Pflicht genommen, denn Amerika ist keine Vergnügungsreise für uns. Bei meinem Geschäftspartner Schaefer soll der Junior hart arbeiten lernen und Erfahrungen sammeln für seine spätere Tätigkeit in unserer Fabrik.

Wilhelm freute sich auf die Überfahrt, nicht ohne Grund hatte er die *Kronprinz Wilhelm* ausgesucht. Schon als Junge bewunderte er die großen Schiffe, dieses Schiff war aus technischer Sicht ein Leckerbissen – im letzten Jahr hatte der Doppelschrauben-Schnellpostdampfer das *Blaue Band* gewonnen.

Nur fünf Tage und elf Stunden brauchte sie von Cherbourg bis New York, was für eine Leistung! Um sie zu erbringen, mussten täglich 700 Tonnen Kohle verfeuert werden.

Nachdem sie sich in ihrer Kabine eingerichtet hatten, begaben sich Vater und Sohn in den Lesesaal, auch eine neue Errungenschaft bei den modernen Dampfern, ebenso wie die elektrische Beleuchtung, und sogar eine Zentralheizung gab es.

Wilhelm freute sich auf Amerika. Auf der Weltausstellung in Philadelphia hatte er mit seinem Vanillin große Aufmerksamkeit erweckt und inzwischen Jahr für Jahr größere Mengen nach Amerika verkauft. Es sprach eigentlich nichts dagegen, auch in Amerika zu produzieren. Nur einen geeigneten Partner müßte er haben, um dort Fuß zu fassen. Diesen Partner hatte er nun in der Firma *Schaefer Alkaloid Works* aus Maywood in New Jersey gefunden. Zusammen mit de Laire schloss er mit Dr. Lois Schaefer bereits vor einem Jahr in Mailand einen Partnervertrag ab, und man begann unverzüglich mit der Produktion von Vanillin und auch Cumarin für den amerikanischen Markt.

Jetzt wollte er das Zweigwerk in Maywood besichtigen und vor allem seinem Sohn die Gelegenheit geben, dort praktische Erfahrungen zu sammeln.

Erstaunlich schnell erklärte sich der frisch gebackene promovierte Chemiker bereit, für längere Zeit nach Amerika zu gehen. Das hatte Wilhelm schon gewundert, aber insgeheim freute er sich über diesen Eifer.

Natürlich hatte er auf Nachfrage erklären müssen, dass es zu einer Kokain-Fabrik ging, das ließ sich nicht vermeiden. Ihm kam es so vor, als habe er damit ein besonderes Interesse geweckt, sein Sohn bekam plötzlich ganz glänzende Augen.

Er selbst musste zugeben, Louis Schaefer war schon ein interessanter Mann.

Aber es ließ sich nicht leugnen, seit über einem Jahr hatte er einen „Drogenproduzenten“ als Partner.

In den nächsten Tagen wollte Wilhelm die Gelegenheit nutzen, seinen Sohn intensiv auf seinen Einsatz vorzubereiten, doch leider entwickelte sich die Schiffsreise für die 1153 Passagiere zu einer stürmischen Überfahrt, wobei sogar Verletzte in dem Schiffshospital behandelt werden mussten.

Auch Wilhelm jun. hatte die Seekrankheit erwischt, was er besonders bedauerte. Hatte er doch an der Bar eine verführerische Tänzerin kennengelernt, doch mit grünlich-blasser Gesichtsfarbe und dem ständigen Hang zur Reling konnte er die Beziehung nicht ausbauen. Nach acht Tagen erreichten sie dann endlich den Hafen in New York-Hoboken und fuhren unmittelbar nach Maywood ins Hotel Sheraton.

Am nächsten Morgen erwartete sie ein strahlendes Frühlingswetter, als sie bei *Schaefer Alkaloid Works* eintrafen und Schaefer sie im Besprechungszimmer begrüßte:

„Herzlich willkommen in Maywood, besonders freue ich mich darüber, auch Willhelm jun. und damit einen neuen Mitarbeiter kennenzulernen."

„Mein Sohn sollte bei Ihnen in der Praxis Erfahrungen sammeln, ich habe ihn bereits in Holzminden in die Verfahrensvorschriften für die Produktion von Vanillin und Cumarin eingewiesen. Besonders beim Vanillin gibt es eine Weiterentwicklung, wir produzieren jetzt in Lizenz nach dem Nitro-Verfahren, allerdings immer noch vom Nelkenöl ausgehend."

„Der amerikanische Markt wäre auch für weitere Riechstoffe offen, ich denke da an Piperonal und besonders auch an den Veilchenriechstoff Iron", meinte Schaefer.

Nunmehr konnte auch Wilhelm jun. sich nicht mehr zurückhalten:

„Auch ich freue mich auf die Zusammenarbeit, möchte Erfahrungen sammeln und die englische Sprache perfekt erlernen. Über die Produktion von Kokain weiß ich noch gar nichts!"

„Das hat sich so ergeben durch die Coca-Blätter. Wir besitzen eine Sondergenehmigung für die Einfuhr und die Verarbeitung von Coca-Blättern aus Peru und Bolivien."

„Ist es nicht so, dass die Indios die Coca-Bätter kauen und dann abhängig werden von der Droge?"

„Coca-Blätter sind ein 5000 Jahre altes Kulturgut bei den Andenbewohnern, was man bei Abbildungen auf alten Tonkrügen auch sehen kann. Durch den Konsum werden die Indios in die Lage versetzt, die schwierigen Lebensbedingungen in 4000 m Höhe zu meistern. Hunger und Kälte sind leichter zu ertragen. Durch Zusatz von Kalk beim Kauen der Blätter wird das Kokain in Ecgonin umgewandelt, das kein Suchtpotential hat, aber gegen die Höhenkrankheit wirksam ist."

„Und was macht nun die Firma mit den importierten Coca-Blättern?"

„Coca Cola ist das Zauberwort, damit erhoffen wir uns das große Geschäft. Das Getränk Coca Cola wurde ja von Pemberton erfunden und das Patent für 2300 $ an den Apotheker Griggs Candler im Jahr 1888 verkauft, der dann in Atlanta die Coca Cola Company gegründet hat."

Wilhelm jun. wurde unruhig:

„Also ist doch die Droge Kokain in dem Getränk enthalten?"

„Nein, heute nicht mehr, früher waren allerdings über acht Milligramm in einem Glas Coca Cola enthalten. Nur zum Vergleich: 25 Milligramm nimmt man über die Nase auf, wenn man Kokain schnupft. Wir extrahieren hier im Werk das Kokain mit einem Lösungsmittel und beliefern die Coca Cola Company mit den extrahierten Coca-Blättern zur Geschmacksverstärkung des Getränkes."

Wilhelm jun. dachte an die ungeahnten Möglichkeiten bei seiner zukünftigen Tätigkeit hier vor Ort. Er konnte nicht leugnen, dass ein grosses Interesse aufkam, dieses Alkaloid unter die Lupe zu nehmen, man könnte doch vielleicht ...?

Rein fachlich hatte er Hochachtung vor dem Chemiker Albert Niemann, der als erster vor 40 Jahren das reine Kokain aus Pflanzen isolieren konnte.

„Aber so ist doch der Verdacht naheliegend, dass immer noch, wenn auch geringe Mengen, Kokain in dem Coca Cola Getränk enthalten sind, wie öfters behauptet wird."

„Das ist nach wie vor das große Geheimnis von Coca Cola", meinte Schaefer.

„Wo bleibt denn das reine Kokain?"

„Wir liefern es als schmerzbetäubendes Medikament an die pharmazeutische Industrie, die Produktion wird vom Staat beaufsichtigt."

Wilhelm jun. guckte etwas skeptisch, während Wilhelm die ganze Zeit schwieg.

Er wußte nicht so recht, ob er sich über das Interesse seinen Sohnes an der Droge amüsieren oder nur wundern sollte.

Coca Cola hin, Coca Cola her, ihm war nur wichtig, dass Vanille zur Rezeptur des Getränkes gehörte, das wußte er von seinen Lieferungen an die Coca Cola Company.

Er konnte nicht ahnen, dass sein Sohn längst den Plan gefasst hatte, das Geheimnis um die Rezeptur von Coca Cola während seines Amerikaaufenthaltes aufzudecken.

In den nächsten Wochen gab es reichlich Arbeit für Vater und Sohn, und dann kam es zu einem hastigen Abschied. Wilhelm musste dringend zurück, denn seine Mutter Auguste lag im Sterben. Wilhelm jun. blieb weiter in Amerika, seine Briefe fielen etwas spärlich aus, wie Wilhelm fand. Dafür lobte Schaefer seinen Einsatz.

Als nach einem Jahr sein Sohn noch keinerlei Anstalten machte, den Amerikaaufenthalt zu beenden, wurde Wilhelm ungeduldig und ordnete die Heimreise an.

Bei seiner Rückkehr im Mai sah er etwas mitgenommen aus und meinte auf Nachfrage, es gehe ihm gut. Nunmehr wolle er in der Fabrik hier seinen Mann stehen.

Wilhelm hatte das Gespräch über Coca Cola längst verdrängt, war dann aber doch erstaunt, als sein Sohn ein Papier aus der Tasche zog und sagte:

„Ich habe etwas mitgebracht aus Amerika, es ist die geheimnisvolle Rezeptur für Coca Cola."

Wilhelm nahm das Papier in die Hand und traute seinen Augen nicht. Leise las er vor und beschränkte sich dabei auf die qualitativen Angaben:

Coca Cola-Rezeptur

„Tropfenweise Orangenöl, Zitronenöl, Muskatöl, Korianderöl, Orangenblütenöl, Zimtöl, mehrere Unzen Alkohol, mehrere Pints Zitronensaft, Vanille, Karamellfarbe, viel Zucker, Kokaextrakt mit etwas Kokain."

Wilhelm war erschrocken und gleichzeitig erfreut über den Vanillebestandteil in der Rezeptur. Hier sah er einen Ansatzpunkt für sein Vanillin. In seinen Augen sprach einiges dafür, dass es sich um die geheime Rezeptur handelte.

„Wir beabsichtigen zwar nicht, Coca Cola bei uns zu erzeugen, aber mich würde doch interessieren, wie Du an dieses Geheimnis gekommen bist?"

Wilhelm jun. lächelte verschmitzt:

„Ich war in Atlanta, dem Gründungssitz von Coca Cola, und habe dort recherchiert“, sagte er nicht ohne einen gewissen Stolz. „Recherchiert bei der Zeitung *Atlanta Journal Constitution,* und dann musste ich noch einige dunkle Kanäle benutzen und auch Geld fließen lassen.“

Endlich konnte er mal etwas vorweisen, und dass noch etwas anderes fließen musste, behielt er wohlweislich für sich.

Wilhelm nickte mit versteinertem Gesicht, ihm war jede Art von Industrie-Spionage zuwider, besonders nach seinen bitteren Erfahrungen im Veilchenriechstoff-Prozess.

Er klammerte sich an die Möglichkeit, dass tatsächlich eine historische Rezeptur antiquarisch aufgetaucht war.

So wurde das Geheimrezept für Coca Cola zunächst einmal im Tresor der Firma verschlossen.

31

Wilhelm erinnerte sich sehr wohl an sein Versprechen gegenüber Luise, das er auf seiner Hochzeitsreise in den Schwarzwald abgegeben hatte, als er notgedrungen Geschäftliches mit seinen Flitterwochen verbinden musste.

Ihre Lieblingsinsel Norderney wollten sie in Zukunft so oft wie möglich ansteuern, so hatten sie es vereinbart.

Er selbst liebte die Nordseeluft ebenfalls. Bäume für die Fichtensaftgewinnung gab es dort ja nicht zu bearbeiten, und Geschäftspost konnte man schließlich so nebenbei erledigen. Außerdem war man schon lange nicht mehr auf Fichtensaft angewiesen, sondern setzte das preiswerte Nelkenöl ein.

Inzwischen hatte er sein Versprechen längst eingelöst, fast jedes Jahr waren sie für vier Wochen auf die Nordseeinsel gefahren.

Anfangs kamen fast immer die Kinder mit, begleitet von der treuen Hannchen, die jetzt schon seit über 20 Jahren den Haushalt führte.

So ließ Wilhelm auch im Juli 1908 durch Hannchen die Koffer packen, um mit Luise einen unbeschwerten vierwöchigen Urlaub in der *Preußischen Seebadeanstalt* Norderney im Kreise illustrer Gäste wie Künstler, Aristokraten und Monarchen zu verbringen.

Besonders Luise mit ihren gelegentlichen Problemen in den oberen Luftwegen würde die Luftveränderung gut tun, sicherlich auch die Anwendungen im Inhalatorium.

Den Kutscher Godejohann wies er an, die Reisekoffer in der Kutsche zu deponieren, und dann konnte es in Richtung Bahnhof losgehen.

Zum Glück war Höxter schon seit Jahrzehnten (1865) an das Königlich-Westfälische Eisenbahnnetz angeschlossen, und man konnte sogar bis in die Stadt Norden die Eisenbahn benutzen.

Von Norddeich Mole gab es eine Dampfschiff-Verbindung zum Hafen von Norderney.

An der dortigen Personenbrücke warteten dann schon in der Regel die Pferdewagen zum Weitertransport der Passagiere.

Sie bezogen wieder Quartier in der *Villa Mathilde* am Weststrand, soeben vergrößert und mit allem Komfort wie Doppelfenster, Bad und Haustelefon ausgestattet.

In der *Norderneyer Badezeitung* wurden sie in die Liste der angekommenen Badegäste als Fabrikant mit Frau aus Höxter aufgeführt.

Wilhelm war doch sehr erstaunt, als er die Badezeitung aufschlug, nicht weil er seinen Namen dort fand, sondern weil der Reichskanzler Fürst von Bülow angekündigt war.

Dieser wohnte mit seiner Frau Marie von Bülow, geborene Prinzessin von Camporeale, in der Villa *Edda*, nicht weit entfernt.

Was keiner ahnen konnte, aber bei hochrangigen Persönlichkeiten in der Weltgeschichte immer wieder vorkam, trat ein: Ganz in der Nähe hatte sich jemand, der ein Attentat plante, einquartiert: David Braun aus Stuttgart, er wohnte im *Damenpfad 26*.

Schon am nächsten Tag trafen Wilhelm und Luise auf der Promenade auf die Gruppe um den Reichskanzler.

Begleitet wurde Bülow von seinem Ordonnanzoffizier Schwarzkoppen, der für seine Sicherheit verantwortlich war, und seiner Ehefrau Marie.

Sie kamen Wilhelm entgegen.

Er grüßte achtungsvoll und wunderte sich über eine jämmerliche Gestalt, die dem Fürsten in einigem Abstand folgte und so gar nicht zu den übrigen Kurgästen auf der Promenade passte.

Doch ein wenig später hatte er dieses Bild schon wieder verdrängt, als er auf einem Schimmel direkt am Meer bei ablaufendem Wasser in Richtung *Weiße Düne* ritt.

In der Tat war es der Schneidergeselle Braun, der sich bei seinen Wirtsleuten nach den Lebensgewohnheiten des Kanzlers erkundigt hatte und ihm jetzt auf der Promenade folgte.

Sein eigenes Leben war dem Schneidergesellen, der an einer tödlichen Krankheit litt, nichts mehr wert.

Als Mitglied der Arbeiterbewegung hasste er den Fürsten Bülow, der in seinen Augen das arbeitende Volk bei jeder Gelegenheit verhöhnt hatte, deshalb wollte er ihm die Kugel geben.

Wilhelm konnte nicht ahnen, als er am nächsten Tag unbeschwert im Strandkorb mit Luise am Badeleben teilnahm und abends durch die Geschäftsstraße bummelte, dass Braun eine Gefahr für die Bevölkerung darstellte.

Für Braun änderte sich nämlich die Situation, als Bülow plötzlich am 29. Juli verschwunden war.

Braun wurde unruhig, erkundigte sich und erfuhr, dass der Kanzler nach Berlin und dann zur Ostsee zum Kaiser gereist war. Seine Wirtsleute erfuhren über die Badezeitung, dass der Kaiser in Begleitung des Reichskanzlers im Automobil nach Heringsdorf gefahren sei.

Braun sah seine Felle davon schwimmen, der Besuch beim Kaiser konnte sich noch hinziehen. Bis zum 3. August wollte er noch warten, doch sein Geld ging zur Neige und hungrig und erschöpft lief er über die Insel.

Er würde seinem Leben ein Ende bereiten, aber er würde nicht allein durch die Kugel sterben, eine schöne Frau sollte ihn begleiten.

So schrieb er einen Abschiedsbrief, steckte die Pistole in die Tasche und begab sich am späten Nachmittag in Richtung Strand.

Das Schicksal nahm seinen Lauf: Wilhelm bereute es später sehr, dass er sich ausgerechnet an diesem Tag etwas unwohl fühlte und deshalb Luise ohne Begleitung zum Inhalatorium am Marktplatz gehen ließ.

Braun sah kurz vor Sonnenuntergang an der Marienhöhe eine weiß gekleidete Dame mit Hut, die in Richtung Westbad ging.

Es war Luise auf dem Rückweg vom Inhalatorium, die Anwendung hatte ihr heute sehr gut getan.

Braun folgte ihr bis zur Villa *Hanebuth*, richtete seine Pistole auf sie und schoss.

Dann setzte er sich den Lauf der Waffe auf das rechte Ohr und drückte ab.

Luise hatte einen leichten Schlag am Hals gespürt und war zu Tode erschrocken.

Sofort waren Menschen zur Stelle, stützten sie und verhinderten so eine Ohnmacht.

Der Hut lag am Boden.

Ein Schutzengel hatte ihr beigestanden, denn sie spürte nur einen kleinen Kratzer am Hals.

Man rief die Polizei und brachte sie zum Badearzt, der nur ein Pflaster setzen musste.

Dem Attentäter war nicht mehr zu helfen, er lag in seinem Blut.

Wilhelm war außer sich, als er über das Geschehen informiert wurde und schloss Luise zärtlich in seine Arme.

Was für ein Hohn, als er von dem Abschiedsbrief hörte.

Mit voller Absicht hatte er gehandelt, er bedaure sein Opfer sehr, aber „ich musste mich rächen an irgendeinem schönen Weibe."

Was er nicht ahnen konnte – am nächsten Tag wäre der Kanzler nach Norderney zurückgekehrt.

Wilhelm schauderte bei dem Gedanken, dass er bei einem erfolgreichen Anschlag seine Luise verloren hätte.

Ihm wurde ebenfalls bewusst, dass bei einem Attentat auf den Kanzler unmittelbare Kriegsgefahr drohte, war es doch der Kanzler im Gegensatz zum Kaiser, der sich intensiv für den Frieden mit England einsetzte.

Reizthema war das Flottenprogramm, denn nach dem Motto, Deutschland einen „Platz an der Sonne" zu sichern, hatte Admiral Tirpitz mit seiner Flottenaufrüstung zu einem Rüstungswettlauf mit England aufgerufen.

Das Misstrauen der Briten wuchs ständig.

Wilhelm hatte sich schon immer für die Seefahrt interessiert, deshalb war er gut im Bilde.

Er hatte erfahren, dass England im Zuge dieses Wettrüstens ein neues Schlachtschiff *Invincible* entwickelt hatte, das besonders stark gepanzert und mit großkalibrigen Geschützen versehen war.

Doch die Deutschen hielten dagegen mit der sogenannten „Königs-Klasse", wobei das Schlachtschiff *Nassau* in allem die englischen Kampfschiffe noch übertraf.

Admiral Tirpitz und Kaiser Wilhelm II. jubelten über den Vorsprung beim Wettrüsten, während Bülow und andere Diplomaten sehr beunruhigt waren.

Wilhelm schämte sich plötzlich, dass er in seinen Gedanken so in die Weltpolitik abschweifen konnte, wo doch seine Luise noch unter Schock stand.

Und er nahm sich vor, seine Ehefrau in Zukunft noch mehr zu beschützen.

32

Wilhelm schaute auf die Uhr. Es war 10 Uhr, Zeit für einen Rundgang in der Vanillin-Fabrik. Er verließ sein Büro und ging routinemäßig zunächst in das Forschungslabor. Dort traf er den Chemiker Marwedel, der bemüht war, eine Destillation durchzuführen. Wilhelm war mit ihm sehr zufrieden, hatte er doch dazu beigetragen, verschiedene Synthesen von Riechstoffen wie Vanillin, Cumarin und Heliotropin zu optimieren. Dabei konnte er sich im Laufe der Zeit umfangreiche Kenntnisse über die einzelnen Fabrikationsprozesse aneignen. Seit gestern lag nun bei Wilhelm eine schriftliche Anfrage von seinem Geschäftsfreund Schaefer aus Maywood/USA vor, er bat um personelle Unterstützung in der technischen Betriebsführung. Bei der Lektüre des Briefes hatte Wilhelm spontan an Marwedel gedacht. Dieser war noch jung und galt als abenteuerlustig. Aufgrund seiner Kompetenz würde er ihn nur ungern entbehren, aber schließlich hatte er ja auch eine gewisse Verantwortung gegenüber dem amerikanischen Zweigwerk. Wilhelm wollte ihn ansprechen.

„Mein lieber Marwedel, Sie haben hier bei uns in den letzten Jahren gute Arbeit geleistet in der Erforschung und Ausarbeitung neuer Synthesewege. Wie haben Sie sich eigentlich inzwischen hier in unserem kleinen Weserstädtchen eingelebt?"

„Es ist sehr ruhig hier, um nicht zu sagen äußerst ruhig, halt eine Provinz. Die Wege sind weit bis Braunschweig oder Göttingen. Ein Vereinsleben im Schützenverein ist auch nicht mein größter Wunsch. Als Rheinländer bin ich durchaus gesellig, wenn es hier an der Weser doch nur den Karneval gäbe!"

„Können Sie sich eine Auslandstätigkeit vorstellen, ich hätte eventuell ein Angebot für Sie?"

Marwedels Augen leuchteten auf:

„Ich wäre mit Begeisterung dabei. Wohin soll es denn gehen?"

Wilhelm hatte eine ähnliche Reaktion erwartet. Allerdings dachte er sofort an die vielen Betriebsgeheimnisse, die Marwedel vertraut waren und die es zu wahren galt. Ein Wechsel zur Zweigfirma in Amerika konnte ja der erste Schritt sein für einen ehrgeizigen Chemiker. Der Riechstoff-Markt war lukrativ und sehr umkämpft.

„Louis Schaefer hat um Unterstützung gebeten, Ihr Einsatzort wäre also Maywood, New Jersey in Amerika."

Marwedel hatte sich schon oft mit Wilhelm jun. über dessen Tätigkeit in der *Haarmann-de Laire- Schaefer Co.*- Fabrik unterhalten. Dabei waren die Geschichten über die Gewinnung von Kokain immer besonders spannend gewesen, auch das Aufspüren der Coca Cola-Rezeptur hatte ihn als Chemiker fasziniert.

„Sie können auf jeden Fall mit mir rechnen," sagte er mit fester Stimme.

„Sie werden sicher verstehen, dass unsere Firma sich aufgrund der diversen Betriebsgeheimnisse vertraglich schützen muss, es soll aber nicht Ihr Nachteil sein.

Ich werde einen Vertrag durch die Juristen vorbereiten lassen und Sie dann informieren."

In der nächsten Zeit beschäftigte sich Wilhelm intensiv mit einem Wettbewerbsvertrag, dazu gehörte auch eine Abstimmung mit dem Pariser Zweigwerk. Die Angelegenheit war heikel und würde Geld kosten. Was konnte so ein kundiger Chemiker mit seinem Betriebswissen nicht alles anrichten! Vertrauen hin, Vertrauen her, Wilhelm hatte in den letzten zwanzig Jahren viele Gerichtssäle von innen gesehen, und seinem besten Freund hatten die zermürbenden Prozesse die Gesundheit gekostet.

Als der Vertrag schließlich formuliert war, bat Wilhelm Marwedel zu sich in sein Büro:

„Herr Marwedel, wir erwarten von Ihnen, dass Sie sich für die Jahre 1914 und 1915 verpflichten, bestimmte künstliche Riechstoffe wie unter anderem Jonon, Vanillin, Heliotropin und Rosenöl weder für eigene noch für fremde Rechnung nach den in Holzminden, Maywood und Paris ausgeübten Verfahren zu fabrizieren oder anderen Personen darüber Mitteilung zu machen."

Marwedel hatte ja bereits mit Beschränkungen gerechnet. Die Zeiten wurden unruhig, wer weiß, was für weltpolitische Veränderungen möglich würden. Mit seinem Wissen konnte er sicherlich einiges anfangen, besonders in Amerika.

Er nahm den Vertrag in die Hand. Als er den § 2 sah, huschte ein Lächeln über sein Gesicht, ein wirklich großzügiges Angebot!

„Ja, Sie lesen richtig, wir bieten Ihnen am Schluss jedes Vertragsjahres die Summe von 3000 Mark an."

„Ich sehe einen fairen Vertrag, der auf Gegenseitigkeit beruht," sagte Marwedel hocherfreut.

„Der Vertrag läuft stillschweigend von Jahr zu Jahr mit zwölfmonatiger Kündigungsfrist weiter. Der Inhalt ist natürlich geheim zu halten. Er ist für uns eine Absicherung, falls Sie Maywood wieder verlassen und nicht zu uns zurückkehren."

„Ich werde Ihnen zwei geheime Schriftstücke mit auf den Weg geben. Es ist eine Vorschrift zum Destillieren von Nelken sowie eine Betriebsanweisung mit Zeichnung für die Herstellung von Vanillin aus Nelkenöl."

Marwedel nahm die Papiere hastig an sich, für Wilhelms Begriffe etwas zu hastig. Aber es würde schon alles gutgehen, mehr konnte er sich nun wirklich nicht absichern. Ihm ging noch durch den Kopf, dass man den Reinländern eine lockere Art nachsagt, er selbst handelte gern nach dem Motto „Ein Mann, ein Wort."

Marwedel wandte sich an Wilhelm:

„Eigentlich habe ich mich schon immer gewundert, dass wir nicht hier vor Ort die Nelken destillieren?"

„Das ist eine reine Kostenfrage, wir sind davon wieder abgekommen, die Unternehmer in Hamburg destillieren preiswerter."

„Auf den ersten Blick ist das doch seltsam."

„Die Hamburger haben keine Transportkosten und können die ausdestillierten Nelken und Nelkenstangen wieder verkaufen, wir dagegen hätten wieder eine Zollkontrolle mit Kosten und den Rücktransport."

Das leuchtete dem jungen Chemiker ein. Ein kurzer Blick auf die Vanillin-Vorschrift zeigte, dass ihm die neuesten Zahlen anvertraut wurden. Ausgangsstoff war ein Nelkenöl mit einem Eugenolgehalt von 85%, und die Ausbeute an reinem Vanillin betrug immerhin fast 70 %.

Er nahm sich fest vor, mit diesen ihm anvertrauten Unterlagen nicht irgendwo auf der Welt das große Geld zu machen.

Nach der Vertragsunterzeichnung hinterlegte Wilhelm die Dokumente in der Personalakte und war froh gestimmt, er hatte seinem Partner Louis Schaefer in Amerika sicher einen guten Dienst erwiesen.

33

Wilhelm hatte eine Vorahnung, die nichts Gutes verhieß. Im fernen Bosnien-Herzegowina braute sich im Jahr 1914 politisch etwas zusammen mit enormer Sprengkraft. Das könnte dazu führen, die Welt aus den Angeln zu heben. Zwischen den Balkanvölkern, wie Serbien und Bosnien sowie Österreich-Ungarn, brodelte es. Der Kaiser in Wien war alt, sein Thronfolger Franz Ferdinand unerfahren und der deutsche Kaiser Wilhelm II großmannssüchtig. Das Ansehen der Donaumonarchie hatte durch die Annexion von Bosnien sehr gelitten und überall jugoslawisch-nationalistische Bewegungen entstehen lassen.

Immer wieder las Wilhelm in Zeitungen von Nationalisten, die Böses im Schilde führten. So hatten sich auch bereits drei bosnische Bombenleger auf den Weg nach Bosnien-Herzegowina gemacht, als sie von den Reiseplänen des Thronfolgers Franz Ferdinand mit Gattin Sophie Chotek in die bosnische Hauptstadt nach Sarajewo erfuhren. Der 19-jährige Gymnasiast Gavrilo Princip war bestens ausgerüstet worden mit Waffen und fest entschlossen, durch ein Attentat ein Zeichen zu setzen. Mit seinen Kampfgefährten Nedeljjko und Trifun, alles Mitglieder der bosnischen Jugendorganisation „Junges Bosnien", wollten sie als Attentäter in die Geschichte eingehen und sich nach erfolgreichem Anschlag mit Zyankali selbst umbringen.

Schon der Besuchstag des Thronfolgers wurde mit dem 28. Juni vom Statthalter von Bosnien-Herzegowina Oskar Potiorek sehr unglücklich ausgewählt, war es doch der Gedenktag der Serben an die verlorene Schlacht auf dem Amselfeld 1389, dies musste als Provokation empfunden werden. Damals waren die Serben unrühmlich von den Türken besiegt worden.

Ursprünglich sollten auch nur die Manöver beobachtet werden, ein Besuch in der Stadt war gar nicht geplant. Es kam eines zum anderen. Der Thronfolger lehnte in seiner selbstherrlichen Art eine schützende Glaskuppel auf dem Automobil ab und berief sich auf sein Gottvertrauen. Die Fahrtroute wurde in allen Zeitungen bekanntgegeben. Eine Kolonne von sechs Autos fuhr in Richtung Rathaus. Im zweiten Wagen saßen Franz Ferdinand und seine Frau Sophie. Der erste Attentäter erkundigte sich zunächst bei einem Polizisten nach dem Wagen des Thronfolgers, entsicherte seine Bombe an einem Laternenmast und warf die Bombe. Der Fahrer bemerkte die Gefahr und gab Gas. Ferdinand konnte sie mit der Hand ablenken, so dass sie erst vor dem dritten Automobil zur Explosion kam und zwei Begleiter der Eskorte verletzte. Der Bombenwerfer schluckte sein Zyankali, aber ohne Wirkung und wurde von der Bevölkerung fast gelyncht. Princip flüchtete sich in ein Kaffeehaus und wollte ebenfalls sein Gift nehmen. Jetzt handelte Franz Ferdinand erneut falsch, als er den Befehl gab, quer durch die Stadt zum Krankenhaus zu fahren. Dort wollte er einen verletzten Offizier aufsuchen.

Es kam zum Verkehrsstau und zwar genau vor dem Kaffeehaus, in dem Princip sich umbringen wollte. Dieser traute seinen Augen nicht, als er den Thronfolger wie auf einem silbernen Tablett ein paar Meter vor ihm im offenen Automobil sitzen sah. Das konnte er sich nicht entgehen lassen. Er stürzte mit seinem Revolver vor und feuerte sowohl auf Franz Ferdinand als auch auf Sophie. Eine Kugel wurde durch das Wagenblech scharfkantig und drang in den Unterleib der Herzogin, die zweite Kugel zerfetzte die

Halsschlagader des Thronfolgers. Franz Ferdinand konnte noch rufen „Sopherl, stirb nicht, bleib am Leben für unsere Kinder". Für beide war aber durch den hohen Blutverlust eine Rettung unmöglich. Auch Princip schluckte sein Zyankali und versuchte vergeblich sich mit der Pistole umzubringen, um dann geschlagen und abgeführt zu werden. Später sagte er aus, er bereue nichts und habe nur einen Tyrannen ermordet.

Wilhelms Ahnungen bestätigten sich, als er am nächsten Tag die Zeitungen aufschlug. Alles sah nach Krieg aus, Österreich-Ungarn holte sich Rückendeckung beim Deutschen Kaiser und war an einem serbischen Einlenken nicht interessiert.

In einem Telegramm sicherte Deutschland am 6. Juli Österreich-Ungarn seine Unterstützung zu beim Kampf gegen Serbien. Auch Rumänien, Bulgarien und die Türkei stellten sich auf die Seite des Dreierbundes. Am 23. Juli stellte die Regierung in Wien Serbien ein Ultimatum. Einen Tag später erfolgte die Zusage von Russland an Serbien.

Sorgenvoll hielt Wilhelm am 29. Juli die Tageszeitung mit der Kriegserklärung Österreich-Ungarns an Serbien in der Hand. Nach Ablauf des Ultimatums hatte am 28. Juli ein bedrohlicher Krieg begonnen. Mit einem Schlag war plötzlich ganz Europa entflammt.

Alles würde sich wiederholen, Tod und Elend wie im deutsch-französischen Krieg von 1870 würden wieder herrschen, das alles fürchtete Wilhelm. Aber die Dimensionen würden diesmal alle Vorstellungen sprengen.

Bei der Mobilmachung am 1. August 1914 herrschte eine allgemeine Begeisterung, diesmal konnte Wilhelm sie jedoch nicht teilen. Für ihn war es anders als 1870. Schlimme Kriegserinnerungen lagen hinter ihm, es bestanden enge Freundschaften zu französischen Wissenschaftlern und Partnern, und die weltweiten Geschäfte mit Riechstoffen liefen glänzend. Es war wie ein böses Omen, dass ausgerechnet an diesem Tag eine große Feuersbrunst in Holzminden ausbrach, vermutlich Brandstiftung. Ein bäuerliches Fachwerkhaus an der Niederen Straße brannte völlig aus. Sehr schnell wurde den Holzmindenern bewusst, dass eine andere Zeit begonnen hatte. Schon im August beschloss die Stadtverordnetenversammlung die Einrichtung von Sanitätskolonnen und einer Truppenverpflegungsanstalt.

Es dauerte nicht lange, und die ersten 65 Verwundeten der Kämpfe um Lüttich mussten in einer Baracke am Forster Weg untergebracht werden.

Lebensmittel wurden plötzlich immer knapper. Als dann auch Steckrüben und Dörrgemüse kaum noch im Handel waren, kam Unmut bei der Bevölkerung auf.

Vor nichts machten die Einschränkungen halt. Sogar die Glocken der Lutherkirche mussten für die Waffenproduktion eingeschmolzen werden.

Wilhelm versuchte mit allen Mitteln, die Produktion in der Fabrik aufrecht zu erhalten. Seine größte Sorge galt der Rohstoffversorgung aus Übersee, besonders der Gewürznelke. Auch für seine Mitarbeiter und deren Angehörige versuchte er die kriegsbedingten Einschränkungen zu mildern. So verfügte er, dass Ehefrauen für den Fall, dass ihr Ehemann Kriegsdienst leisten musste, weiterhin 50 Prozent seines Lohnes erhalten sollten. Das galt ebenfalls für eine Kriegsgefangenschaft.

Im Betrieb sorgten zum Glück diejenigen Mitarbeiter, die von Anfang an dabei waren, in dieser schwierigen Zeit für eine gewisse Betriebsruhe. Immer wieder hörte man von Unruhestiftern unter der Arbeiterschaft in Holzminden. Zu einer wertvollen Hilfe in der Fabrik hatte sich inzwischen Karl entwickelt, der zum Meister befördert worden war.

Die größten Sorgen machten Wilhelm aber seine Luise und ihre Leidensgeschichte. Sie war an Krebs erkrankt, aber immer noch zuversichtlich, die schreckliche Krankheit besiegen zu können.

Der Kriegsdienst machte auch nicht vor seinem jüngeren Sohn Reinhold halt. Nach seiner erfolgreichen Promotion in Chemie setzte er seine wissenschaftliche Laufbahn als Assistent bei Professor Harries in Berlin fort. Im September 1916 war es dann soweit, und er wurde zum Kriegsdienst einberufen. Wilhelm setzte sich für seine Freistellung ein, und nach drei Monaten konnte Reinhold seine Berufsausbildung fortsetzen.

Die Auswirkungen des Krieges machten sich in der Weserstadt immer stärker bemerkbar. Zwischen dem Pipping und dem Meierberg wurde ein riesiges Gefangenenlager mit 100 Baracken errichtet. Zur Bewachung der bis zu 4000 Gefangenen mussten Hunderte von Landsturmmännern abgestellt werden.

Den Kommandanten des Lagers, ein Oberst Gallus, konnte Wilhelm noch nicht so recht einschätzen.

Für viel Unruhe sorgte so mancher Ausbruch der Gefangenen. Im Stillen amüsierte sich Wilhelm über einen verwegenen Ausbruch von 29 britischen Offizieren durch einen selbst gegrabenen Tunnel. Nahezu 5000 Personen verfolgten die Ausbrecher. Einige konnte man wieder einfangen, 14 entkamen über die Grenze nach Holland. Einer von ihnen schickte dem Hauptmann Niemeyer eine Postkarte: „Thanks for the holiday. See you after the war."

Nicht nur Wilhelm machte sich trübe Gedanken. Wo sollte das alles hinführen? Weitere Ernüchterung für die Menschen erfolgte, als der „Kriegsheld" der Stadt, Erwin Böhme, der erfolgreichste Kampfflieger des 1. Weltkrieges, nahe Ypern abgeschossen wurde.

Wilhelm sah die allgemeine wirtschaftliche Notlage und versuchte zu helfen, wo er nur konnte.

Bei seinen Stiftungen machte er keine Unterschiede, ob es um die Stadt Holzminden, Kriegshinterbliebene, Ostpreußen, die Fabrik, die Kaiser Wilhelm-Gesellschaft oder Ludendorf ging. Warum sollte er auch eine Bitte abschlagen, nur schmücken damit wollte er sich nicht.

Der 70. Geburtstag rückte immer näher, es herrschte weiterhin Krieg. Seiner Luise ging es gesundheitlich immer noch nicht besser. Da kam ein Anruf vom Bürgermeister in Höxter. Man habe beraten, man habe beschlossen, er habe es verdient, man wolle ihn ehren, den künftigen Ehrenbürger. Wilhelms Herz hüpfte. Das war etwas. Etwas zum Freuen. Anerkennung und Würdigung! Es folgte eine kleine Feier im Rathaus. Luise machte sich fein, und Wilhelm empfing die Ehrenurkunde mit Dankbarkeit im Herzen.

Vor vielen Jahren hatte er gestiftet, für die Jugend wollte er etwas tun, und er gab voller Freude. Ein Gymnasium konnte errichtet werden. Er blieb bescheiden im Hintergrund als Stifter. Man hatte es wohl nicht vergessen. Es gab Musik und ein gutes Essen, und man konnte für den Moment das allgemeine Kriegselend vergessen.

Doch die Wirklichkeit holte ihn im Sommer 1917 in der Fabrik wieder ein, als sein Meister Karl bei ihm vorstellig wurde:

„Wir haben zwar immer noch gute Vanillin-Aufträge, aber die Rohstoffe werden knapp. So fehlt der Nachschub an Nelkenöl wegen der Importbeschränkungen."

„Wie viel benötigen wir pro Ansatz?"

„90 Kilogramm Nelkenöl, und es liegen noch Aufträge für Hunderte von Oxydationen in diesem Jahr vor."

„Der Zeitpunkt ist gekommen, wo wir nach Alternativen suchen müssen. Ich möchte aber nicht zum Fichtensaft zurückkehren. Wohlweislich habe ich ein paar Fässer Nelkenöl als eiserne Reserve zwischengelagert, die kann ich jetzt dem Betrieb zukommen lassen. Aber es ist Zeit, dass ich mit den Chemikern spreche, ich habe da auch schon eine Idee."

Wilhelm rief Dr. Kerschbaum zu sich und fragte ihn direkt:

„Wir haben doch seinerzeit Versuche mit Guajacol durchgeführt, um Vanillin zu produzieren. Soweit ich weiß, verliefen diese positiv."

„Das stimmt, das Verfahren wurde aber aus Kostengründen nicht weiter verfolgt."

Wilhelm erinnerte sich noch gut an die kräftige Rauchnote von Guajacol, die auch im Kaffee-Aroma eine Rolle spielt.

„Wie sieht es mit der Rohstoffversorgung bei Guajacol aus?"

„Wir können es aus dem Buchenholzteer gewinnen, dadurch wären wir unabhängig", sagte Kerschbaum.

„Gut, dann sollten wir einen neuen Anlauf nehmen und eine aktuelle Kalkulation erstellen."

Sowie die eiserne Reserve an Nelkenöl verbraucht war, kam es zur Umstellung.

Die Chemiker hatten Tag und Nacht das neue Verfahren optimiert. Dann war es soweit. Karl konnte den ersten Betriebsansatz mit 100 Kilogramm Guajacol fahren, und alles wartete gespannt auf die Auswertung. Eilig holte er den Chef und zeigte das Ergebnis: 30 kg feinstes Vanillin waren entstanden.

Auch Wilhelm strahlte, und er war stolz auf seine Mannschaft. Doch als er die Kalkulation fertig hatte, wurde der Triumph ein wenig geschmälert.

Der Kilopreis für Vanillin war von 305 auf 650 Mark geklettert.

Damit musste man wohl eine Zeitlang leben, um überhaupt den Markt zu halten.

Die allgemeine wirtschaftliche und politische Lage wurde stetig schlimmer. Man steuerte immer schneller, wie ihm schien, auf ein schwarzes Jahr, auf ein Schicksalsjahr 1918 zu. Irgendwie ahnte er, es ging dabei auch um seinen Lebensnerv, um seine Familie.

Seine Luise kämpfte mit ihrer heimtückischen Krankheit. Tapfer hatte sie all die Jahre ihre Krebserkrankung erduldet, hatte gehofft und schließlich resigniert.

Begonnen hatte alles vor drei Jahren, es trat Nasenbluten auf, die Diagnose lautete Nasenrachenkrebs. Sie waren beide schockiert. Eine Krankheit so selten bei uns, eher bei Asiaten, die viele Betelnüsse kauten, so hatte er gelesen.

Die erste Operation dann im Bürgerhospital in Frankfurt am Main. Die chirurgische Entfernung des Primärtumors wäre wichtig, aber schwierig, sagte der Chirurg. Es lief wohl nicht so gut.

Dann der Leidensweg im Jahr 1916. Im März erneute Operation in Frankfurt und anschließende Kur in Bad Pyrmont. Im August zurück nach Frankfurt, anschließend dann im September ins Krankenhaus nach Hamburg, am 30. November wieder eine große Operation im Bürgerhospital. Dr. Schulz, der Chirurg, war zuversichtlich. War das der Durchbruch? Man hoffte. Es ging besser.

Im Jahr 1917 glaubte man an Heilung. Luise fühlte sich so gesund – gerade an Wilhelms Ehrentag und 70. Geburtstag im Mai. Alles ging gut bis zum 11. Januar. Es kam ein schwerwiegender Rückfall, diesmal sollten es die Ärzte in Hamburg richten. Wilhelm spürte, wie Luises Kräfte während des monatelangen Krankenbettes schwanden.

Es würde ein schwarzes Jahr werden.

Erst erlitt sie im August einen Schlaganfall, und am 16. Oktober wurde sie von ihrem Leiden erlöst.

Viele graue Tage stellten sich ein. Tag für Tag ließ sich Wilhelm zum Kloster Corvey kutschieren, nur dort fand er Ruhe und Trost in der Abteikirche.

Seine ledigen Nichten Luise und Marie Pockels spürten seine Hilflosigkeit, zogen in seine Villa und waren für ihn da.

Im November brach dann auch seine politische Welt zusammen. Der Krieg wurde unter *unsäglicher Schmach* für Deutschland beendet, wie er sich ausdrückte. Aber es kam noch schlimmer, denn aus seiner Sicht wurden Kaiser und Fürsten von den „Sozis" verjagt, Deutschland war im Dezember ein Hexenkessel.

Bereits am 8. November hatte er den Umsturz schwarz auf weiß. Sein Sohn Wilhelm brachte ihm eine Sonderausgabe des *Volksfreundes* und sagte:

„Hiermit wird die Abdankung des Herzogs Ernst August von Braunschweig und Lüneburg bekanntgegeben."

„Das ist sicher ein Schock für die breite Bevölkerung. Wer soll jetzt regieren und die Ordnung herstellen?"

„Braunschweig ist jetzt eine sozialistische Republik. Die regierende Gewalt liegt vollständig in den Händen des Arbeiter- und Soldatenrates."

Wilhelm lief die Galle über, als er am nächsten Tag überall in Holzminden die roten Fahnen sah.

Er ließ Wilhelm jun. rufen und sagte:

„Was ist das für eine Welt? Was haben Matrosen mit aufgepflanzten Bajonetten in unserer Stadt zu suchen?"

„Es gab bereits Plünderungen in Geschäften, ausgeführt von radikalen Kräften, doch die Matrosen konnten sie nicht verhindern. Ich hoffe nur, wir können uns auf unsere Arbeiterschaft verlassen", sagte Wilhelm jun..

„Da bin ich ganz sicher. Ich werde mit Karl reden, vielleicht kann er gegenüber dem aufgebrachten Mob Einfluss nehmen."

Am nächsten Tag rieb sich Wilhelm die Augen. Schon wieder so eine schriftliche Bekanntmachung, diesmal vom Arbeiter- und Soldatenrat. Es gab plötzlich eine Einheitsfront, gleich zwei Autoritäten hatten die Seiten gewechselt. Man solle *unnötigen Aufenthalt auf den Straßen vermeiden, auch die Schulen haben Schüler zu belehren, zweckloses Stehen und Umhergehen auf den* Straßen *zu vermeiden.*

Wilhelm rief den Arbeitersprecher Karl zu sich, auch der war empört:

„Gerade der adelige Bürgermeister Otto und der Oberst Gallus haben noch kürzlich Durchhalteparolen herausgegeben. Wie soll ich das meinen Kollegen erklären?"

„Man kann nur hoffen, dass wieder Ruhe und Ordnung einkehren. Zum Glück herrscht sie ja noch bei uns in der Fabrik. Einer der Unruhestifter kommt mir übrigens vom Namen her bekannt vor."

„An wen denken Sie, Chef?"

Eigentlich wusste Karl genau, um wen es ging.

„Es handelt sich um den Torpedoheizer Rieke, sein Name steht unter der Bekanntmachung."

„Wir hatten ihn einmal kurzfristig als Heizer in unserer Abteilung Dampfkesselheizung als Aushilfe für den erkrankten Heizer eingestellt."

Wilhelm sagte:

„Solche Elemente haben jetzt wohl in der Stadt das Sagen mit ihren weißen Armbinden. Noch kürzlich nannte man sie ‚vaterlandslose Gesellen'. Und was den Oberst Gallus anbelangt, so weiß man jetzt, was man von ihm zu halten hat."

Als dann am 2. Januar 1919 vom Arbeiter- und Soldatenrat die Stadtverordneten-Versammlung für abgesetzt erklärt wurde, musste der getäuschte Bürgermeister Otto erkennen: Das war eine Revolution.

Aber es kam noch ärger: Ein revolutionärer Zimmerer und „Bürgerschreck" hatte im Namen der Arbeiter sämtlicher Holzmindener Betriebe zum Generalstreik am 11. April aufgerufen und forderte die Bewaffnung der Arbeiter.

Wilhelm spürte, er musste etwas unternehmen.

Eilig sprach er mit Karl:

„Ich meine, wir sollten Kontakt zu Rieke aufnehmen. Eigentlich müsste der uns doch gewogen sein, und so radikal schien er auch nicht zu sein. Vielleicht kann dieser mäßigend auf seine Genossen einwirken? Ich wäre auch nicht abgeneigt, ihn nicht nur aushilfsweise sondern dauerhaft bei uns zu beschäftigen." Mit *wir* meinte er natürlich Karl. Dieser versprach aktiv zu werden.

Wilhelm wollte gern zweigleisig fahren. Seit November hatte er schon seine Fäden gezogen und mit anderen gestandenen Persönlichkeiten der Stadt heimlich einen *Bürgerbund* gefördert, der inzwischen umorganisiert wurde. Dazu gehörten jetzt vor allem Anhänger von Parteien wie u. a. der Deutschen Volkspartei und der Christlich-nationalen Arbeiterschaft. Sofort nahm Wilhelm Kontakt auf zu einigen Mitgliedern und beschwor sie, etwas zu unternehmen gegen diesen „Bürgerschreck". Wie ernst die Lage war, sah man bei einer Menschenansammlung an der Weserbrücke am Tag des vorgesehenen Generalstreiks. Lauthals forderte der Rädelsführer die Errichtung einer Räterepublik.

Doch Wilhelms Wirken hinter den Kulissen schien Früchte zu tragen.

Plötzlich fanden die radikalen Linken bei den Sozialisten nicht die erwartete Mehrheit.

Der Generalstreik, bei dem die Geschäfte am 11. April um 12 Uhr zu schließen hätten und der Aufenthalt auf Straßen nach 20 Uhr nicht gestattet wäre, fand nicht statt. Wilhelm lud eine Abordnung seiner Arbeiter abends ein in das Lokal *Zum Grünen Jäger,* und es gab Zigarren und Bier.

Das alles war noch einmal gutgegangen, der Spuk war vorbei.

Doch nur langsam normalisierte sich die politische Lage. Von Braunschweig aus gesteuert, hatte man bald einen *Rat der Stadt* und einen neu gewählten Bürgermeister, nachdem von Otto sich krank gemeldet hatte.

Was aber blieb, war die mangelhafte Versorgung der Bevölkerung bei ständiger Geldentwertung. So beschloss der Rat die Einkellerung von Kartoffeln.

Ein Antrag der SPD, nämlich Kutschen und Kutschpferde zu besteuern, löste bei Wilhelm nicht gerade Freude aus. Der Antrag wurde abgelehnt.

Es kam erneut zu Unruhen und sogar Plünderungen in den Geschäften. Der Einsatz von Sicherheitspolizei aus Höxter scheiterte an den Zuständigkeiten. Die Lebensmittelhändler wurden vom Staat gezwungen, die Preise zu senken, was auf die Dauer auch nicht gut gehen konnte.

Immer wieder gab es Vorstöße der Stadt Holzminden, die Gemeinde Altendorf mit der dortigen Riechstoff-Fabrik einzugemeinden. Nach einem Rechtsstreit gelang dieses schließlich, und man musste sich fügen. Wilhelm sollte es recht sein, jetzt flossen die Steuern nach Holzminden, dafür konnte er die Fischereirechte an den Teichen erwerben. Bei der Nahrungsmittelknappheit ein schöner Erfolg für die Fabrikarbeiter.

Die Produktion im Betrieb lief inzwischen wieder einigermaßen reibungslos, nach dem man nach Kriegsende vier Wochen Stillstand durch Kohlemangel überstanden hatte. Natürlich gab es immer noch gewisse Pressionen, und man war einer Art Zwangsbewirtschaftung ausgesetzt.

Das Landesernährungsministerium in Braunschweig stellte plötzlich Forderungen. Wilhelm hielt erstaunt das Schreiben in der Hand. Seit 45 Jahren produzierte er das Vanillin. Jetzt sollte man sich den Aromastoff als Ersatzmittel genehmigen lassen und ebenso den Verkaufspreis.

Alle erforderlichen Unterlagen wurden eingereicht, man war ja geduldig.

Dann kam die Freigabe, aber 650 Mark pro Kilo Vanillin dürfte nicht überschritten werden. Die Auflage des Ministeriums, dass jeder reklamemäßige Hinweis auf die Genehmigung zu unterbleiben habe, war für Wilhelm rätselhaft.

Man würde sich daran halten, was blieb einem auch übrig in schwierigen Zeiten.

Doch damit nicht genug, auch das Reichswirtschaftsministerium in Berlin hatte seine Forderungen: Das Lösungsmittel Benzol sollte bei der Produktion eingespart werden.

Auch hier wussten die Chemiker im Betrieb einen Ausweg.

Etwa ein Jahr lang war man gezwungen, mit dem teuren Guajacol zu arbeiten, dann war endlich die Rohstoffknappheit überwunden, und Gewürznelken aus Afrika standen wieder zur Verfügung.

Eines hatte Wilhelm in der Krise deutlich gespürt. Die Abhängigkeit von Rohstoffen hatte seine Produktion hart getroffen. Unabhängig davon müsste man sein. Aber da spielt halt das Klima eine entscheidende Rolle. In unseren gemäßigten Breiten wächst weder die Vanillepflanze noch der Gewürznelkenbaum.

Aber vielleicht könnte man mit Duftpflanzen aus der Mittelmeerklimazone auch bei uns einen Versuch starten?

Er dachte da spontan an den Lavendel.

34

Die Idee mit den blühenden Lavendelfeldern an den Hängen der Mittelgebirge seiner Heimat kam Wilhelm ganz spontan. Vor seinem inneren Auge sah er förmlich das Violett der Blüten im Sonnenlicht, und er ahnte den betäubenden Duft im Sommerwind.

Sein Konkurrent Schimmel & Co. in Leipzig hatte nicht auf das hiesige Klima vertraut, sondern in Südfrankreich in Barrême eine Fabrik zur Erzeugung von Lavendelöl errichtet.

Schon immer war bei Wilhelm der Wunsch vorhanden, einmal an die Cote d‘ Azur in die Parfumstadt Grasse zu reisen. Oft tauchte der Gedanke auf, doch nie kam es dazu. Er würde noch alt und grau werden, und dann wäre es vielleicht zu spät.

Aber jetzt wollte er sich diesen Traum endlich erfüllen, er würde Lavendelsamen kaufen und Anbaubedingungen studieren.

Außerdem interessierte ihn das Parfümerie-Laboratorium seines Geschäftsfreundes Chiris. Dessen Parfümeur Beaux hatte für die aufstrebende Modeschöpferin Coco Chanel ein unglaubliches Parfum mit dem Namen Chanel N° 5 kreiert.

Bei der Kreation dieses Parfums war Wilhelm nun gleich dreifach vertreten, einmal durch die Veilchennote und dann schließlich durch Vanillin und Cumarin.

So machte er sich im Mai 1922 auf den Weg nach Frankreich und wählte bewusst die Route über Paris. Er wollte die Gelegenheit nutzen und im Pariser Zweigwerk in der Rue St. Charles vorbeischauen. Dort hatte seinerzeit Edgar de Laire seinen Onkel Georges abgelöst und die Geschäftsführung übernommen.

De Laire begrüßte ihn am Bahnhof in Paris herzlich, und gemeinsam fuhren sie ins Hotel Ritz.

Wilhelm staunte über den Verkehr und den allgemeinen Trubel in der Weltstadt. Den Franzosen ging es offensichtlich besser als den Deutschen. „Kein Wunder bei den hohen Reparationszahlungen", murmelte er in seinen Bart. Aber es tat ihm gut, wieder einmal herauszukommen aus der Provinz und das Leben zu spüren. Einsam war er geworden, zwar gut behütet in seiner „Burg", aber das ist halt nicht alles. Seit fünf Jahren war er nun Witwer, aber alt fühlte er sich dennoch nicht, eigentlich ganz im Gegenteil.

Als er abends im Ritz mit de Laire in den Speisesaal ging, fiel sie ihm sofort auf. Sie saß allein am Tisch mit dunklen Augen und hellbrauner Hautfarbe und lächelte ein wenig, wie es Wilhelm schien. Er verbeugte sich leicht und folgte mit de Laire dem Kellner zu ihrem vorbestellten Tisch.

„Eine schöne Frau in den besten Jahren mit kreolischem Einschlag", dachte er spontan und fühlte ein leichtes Kribbeln. Sie hatte ein enges Kleid an. Er liebte es, wenn Frauen mit natürlicher Schönheit ihre Reize zeigten, wobei ein reiferes Alter kein Nachteil sein musste, ganz im Gegenteil.

De Laire bemerkte den Blickwechsel und freute sich innerlich über die Reaktion seines Freundes und Partners. Wie sehr würde er ihm wieder mehr Lebensfreude gönnen, für ihn als Franzose waren die Gefühle wichtig im Leben.

Diskret ließ er über den Kellner Erkundigungen einziehen. Eine Zuckerplantagenbesitzerin aus Mauritius, Madame Vencatachellum, und wahrscheinlich Witwe, hieß es dann hinter vorgehaltener Hand. Wilhelm staunte und bewunderte im Stillen seinen Freund für seine Courage. Eben ganz so, wie man sich einen Franzosen vorstellt.

Da war es dann mit einer Einladung zum Drink mit der Dame nach dem Essen in der Ritz-Bar schnell getan. Jetzt war Wilhelm aufgeregt wie in jungen Jahren. Er merkte, de Laire plante ein Arrangement und zwar für ihn, denn de Laire war glücklich verheiratet, das wusste er.

Es wurde ein schöner Abend in der Bar, es blieb nicht bei einem Drink. Beatrice erzählte von ihrer grünen Insel mit den kristallklaren Buchten und turmartigen Bergen. Sie besaß die Rumfabrik St. Aubin, in der das Zuckerrohr verarbeitet wurde. Als sie hörte, dass sie dem Vanillin-König aus Deutschland gegenübersaß, erwähnte sie auch schnell ihre eigene Vanille-Plantage. Als sie dann noch sagte, dass sie auch Besitzerin einer Ylang-Ylang-Destillation sei, war Wilhelm ganz Feuer und Flamme. Sie verriet sogar Einzelheiten, so wurden über zwölf Tonnen Blüten zu 250 Litern Öl im letzten Jahr gewonnen. Immerhin war ja Ylang-Ylang Blütenöl neben seinen Produkten, wie z.B. Vanillin, auch ein wesentlicher Bestandteil im berühmten Parfum Chanel N° 5.

Bevor de Laire sich verabschiedete, lächelte er Wilhelm verschmitzt an.

Als Beatrice später leicht beschwipst zur Treppe ging, begleitete Wilhelm sie bis zu ihrer Zimmertür und wollte sich verabschieden, zumindest sagte es sein Verstand. Sein Gefühl sagte etwas anderes. Sie nahm plötzlich seine Hand, und dann waren sie im halbdunklen Zimmer. Ihre Hände berührten ihn. Wilhelm fühlte sich stark. Was war mit ihm geschehen? Das Leben kam zurück, er war so dankbar. Es wurde eine lange Nacht. Selbst, als er in sein Zimmer zurückgekehrt war, fühlte er sich noch unendlich glücklich. Er würde das festhalten wollen und Beatrice in seine „Burg“ an der Weser mitnehmen.

Am nächsten Morgen kam die Ernüchterung. Sie war früh abgereist. Ihr Gatte habe ein Telegramm geschickt, verriet der Portier.

Natürlich fühlte er einen Stich, aber es ließ sich nicht ändern. Er nahm es wie es ist, seine Einsamkeit blieb, aber eine schöne und wertvolle Erinnerung war es doch für ihn.

Er fuhr in die Fabrik und begrüßte de Laire, der ihn verschmitzt ansah. Wilhelm grinste zurück, ließ sich nichts weiter anmerken und bemerkte nur trocken:

„Madame ist abgereist, ihr Gatte hat gerufen.“ De Laire glaubte eine gewisse Wehmut in seiner Stimme zu entdecken.

Sie vertieften sich in die Geschäftspapiere, und de Laire zeigte ihm stolz die neuen Rührkessel im Betrieb. Die Geschäfte mit Vanillin liefen in Frankreich hervorragend. De Laire hatte großes Interesse an Vanillinzucker und auch an dem neuen Produkt Bourbonal. Es handelte sich dabei um Äthylvanillin, ein Aromastoff mit vierfach stärkerem Aroma als Vanillin, für das es kein Vorbild in der Natur gab. Bei dieser Gelegenheit fragte er:

„Fast vor Ihrer Haustür gibt es doch die Firma Dr. Oetker, man hört so viel davon. Dort wird wohl auch Vanillin-Zucker hergestellt?“

„Das stimmt. Im Jahr 1891 gelang es August Oetker in seiner Apotheke in Bielefeld, Backpulver in kleinen Tüten zu portionieren. Die Mischung wurde so verfeinert, dass der Hausfrau jeweils mit einem Pfund Mehl ein Kuchen gelang. Es folgten weitere Produkte wie Puddingpulver, Speisestärke und Aromen. Besonders das Aroma Vanille war bald bei Puddingpulver und ebenso bei Speiseeis hochbegehrt. Da kam natürlich die Entdeckung des synthetischen Vanillins sehr gelegen, und die Firma Dr. Oetker entwickelte sich zum Großabnehmer für uns. „

„Da könnte man ja fast neidisch werden hier in Frankreich. Da fällt mir ein, meine Frau fragt immer wieder nach einem Rezept für Vanilleeis."

„Sie haben Glück, ein kleines Rezeptbuch von Dr. Oetker habe ich immer bei mir."

Wilhelm öffnete seine Ledertasche, kramte ein wenig und las dann aus dem Büchlein vor:

Vanilleeis

1 Päckchen Dr. Oetker Soßenpulver Vanille-Geschmack oder
1/2 Päckchen Dr. Oetker Puddingpulver Vanille-Geschmack,
1/2 l Milch
75 g (3 geh. Eßl.) Zucker,
1 Päckchen Dr. Oetker Vanillin-Zucker

De Laire hatte alles notiert und freute sich bereits auf das dankbare Lächeln seine Frau Michèle.

Wilhelm und de Laire verbrachten noch einige Tage mit Besprechungen über neue und alte Produktionsziele, wobei besonders auch noch einmal die gemeinsame Gewinnung von Zimtöl auf Ceylon erörtert wurde. Es war ja auf Wilhelms Initiative hin zu einer Kooperation zwischen Haarmann & Reimer, De Laire & Co, Ch. & A. Böhringer und Alkaloid Works /USA gekommen, aber leider musste die Produktion in der „Factorei" nahe Colombo wieder eingestellt werden, da die Versorgung mit Zimtblättern nicht ausreichend gewährleistet war.

Jetzt saß Wilhelm im Eisenbahnabteil 1. Klasse von Paris nach Cannes und versuchte sich auf sein Reiseziel

Grasse zu konzentrieren. Es gelang nicht so recht, immer wieder schweiften seine Gedanken ab zu einer gewissen Person im Ritz. Wo mochte Madame Vencatavellum jetzt wohl sein? Würde man sich jemals wiedersehen? Eine Reise in den Indischen Ozean hatte er eigentlich immer noch auf seiner Rechnung.

Dann konzentrierte er sich wieder auf seine Lektüre über die Parfümstadt Grasse, die etwa 20 km nördlich von Cannes lag. Begonnen hatte dort alles mit den Lederhandschuhen. Es kam in Mode, sie zu parfümieren. Deshalb spezialisierten sich hier die Parfümeure bereits im 17. Jahrhundert auf die Extraktion von Jasmin- und Orangenblüten. In der Folgezeit entwickelte Grasse sich immer mehr zu dem bekannten südfranzösischem Parfümerie-Zentrum an der Côte d'Azur mit zahlreichen Blütenplantagen vor der Tür.

Bei Wilhelms Ankunft war die Luft schon erfüllt von Blütenduft. Er bezog sein Quartier im Hotel Bastide St. Mathieu und nutzte noch den Spätnachmittag, um im Pflanzengarten Jardin des Plantes den Blick über die Altstadt und das Meer zu genießen. Jetzt konnte er auch verstehen, dass sich Napoleons Schwester häufig im Winter an diesem schönen Fleck erholte.

Am nächsten Morgen wurde er in der Parfümfabrik Chiris vom Parfümeur Ernest Beaux schon erwartet.

Wilhelm sagte bei der Begrüßung mit einer gewissen Hochachtung:

„Als Schöpfer des Parfüms Chanel N° 5 müssen Sie mir erst einmal die Legende verraten, wie es zu der Entdeckung kam." Dabei musterte er den gutaussehenden Parfümeur mit russischen Wurzeln, über den man schon so manches gehört hatte.

Einerseits kursierte das Gerücht, er habe im Russischen Bürgerkrieg bei Murmansk in der frischen Brise der Seen bei Mitternachtssonne diese Vision gehabt.

Eine andere Legende berichtete von einem Mischfehler des Aldehyd-Akkords durch eine Assistentin.

„Eigentlich war die Entdeckung nur eine systematische Weiterentwicklung von meinem Parfum Bouquet de Catherine, das ich zum dreihundertjährigen Geburtstag der Romanow-Zarendynastie 1913 entwickelt habe."

„Mich interessiert besonders, ob synthetische Aldehyde eingesetzt wurden," wollte Wilhelm gern wissen.

„Ja, ich nahm die geruchsintensiven Aldehyde C-10/C-11/C-12 und konnte damit die Blütenöle ideal ergänzen."

Wilhelms Augen glänzten, und er freute sich. War es doch wieder ein Beweis aus dem Munde eines weltberühmten Parfümeurs, dass ein Syntheseprodukt sogar einem Naturprodukt mindestens ebenbürtig war und sie sich idealerweise ergänzen konnten.

„Und welchen Einfluss hatte Coco Chanel bei der Benennung?"

Beaux lächelte, er erinnerte sich gern an die Begegnung mit Coco Chanel im vorigen Jahr hier im Labor. Ein Ausflug nach Cannes mit ihrem Liebhaber Großherzog Dimitri Romanow hatte sie zu ihm geführt, um seine neuen Parfums kennenzulernen.

„Sie wollte einen Duft aussuchen und davon 100 Flakons an gute Kundinnen zu Weihnachten verschenken. Dabei entschied sie sich für die Probe N° 5.

Daraus abgeleitet entstand dann auch der Name Chanel N° 5. Die Zahl 5 hatte ihr schon immer Glück gebracht, denn ihre neue Kollektion brachte sie immer am fünften Tag des fünften Monats heraus. Und immer war sie dabei sehr erfolgreich gewesen. Nach ihren Worten sollte es ein Parfum für die Frau mit dem Duft einer Frau werden."

Wilhelm war jetzt doch sehr stolz, dass er mit seinen Riechstoffen einen wesentlichen Anteil an diesem berühmten Duft hatte. Die Gelegenheit, weitere Details über die Kompositionen zu erfahren, würde nie wieder so günstig sein.

Ihm wurde dabei demonstriert, dass eine Formel etwas anderes darstellt, als das Zusammengeben vieler Substanzen. Sie hat einen bestimmten Aufbau und gleicht dadurch einer Komposition.

Beaux:

„Eine klassische Formel besteht ja, wie Sie schon wissen, aus Tête, Enrobage de tête, Corps, Départ et Fixateurs. Bei Chanel N° 5 wird die Kopfnote durch den Aldehyd-Komplex dominiert, die Abrundung erfolgt unter anderem durch Bergamottöl, der Körper bildet ein Blumenbouquet von Jasmin bis Ylang-Ylang und wird nuanciert durch Jonon mit der Veilchennote. Zum Schluss leiten Vanillin und Cumarin zum sinnlichen Moschus-Komplex über. Insgesamt sind es 31 Bestandteile."

Wilhelm war sehr beeindruckt und nahm sich insgeheim vor, in Holzminden eine Ausbildungs-Abteilung für zukünftige Parfümeure einzurichten. Gerade für die Erforschung weiterer Blütenduftstoffe von Maiglöckchen, Flieder und Hyazinthen würden in Zukunft Fachleute benötigt werden. Doch jetzt wollte er sich zum Schluss seiner Reise noch dem Lavendel widmen. Gleich am nächsten Tag begleitete Beaux ihn zu den Lavendelfeldern der Domäne Masson.

Wilhelm sah schon von weitem das Violett der Blüten in der gleißenden Mittelmeersonne leuchten, und dann kam der atemberaubende Duft herangeweht und legte sich wie Samt auf seinen Körper. Gerüche weckten Erinnerungen, schon als kleiner Junge hatte er diesen Duft bei der Bettwäsche seiner Mutter registriert und musste plötzlich intensiv an sie denken. Natürlich war es etwas vermessen von ihm, diese mediterranen Pflanzen im Weserbergland zu kultivieren, aber was sich bei ihm erst einmal festgesetzt hatte, das wollte er auch probieren.

Er ließ sich den Lavendelsamen der besten Sorte einpacken und reiste voller Zuversicht über Paris nach Hause zurück.

In dem eigenen Garten gab es jetzt Arbeit für den Gärtner, denn im Frühbeet musste der Samen für die Aufzucht ausgesät werden. Schon auf der Rückreise hatte Wilhelm sich Gedanken gemacht über einen sonnigen Platz für die Lavendelpflanzen. Da kam ihm die Idee mit dem Burgberg. Ja genau dort waren die Voraussetzungen mit dem kalkigen Boden gut, denn dieser gab den Pflanzen nicht so viel Feuchtigkeit. 300 Pflanzen hatte der Gärtner gezogen, und sie wurden am sonnigen Burgberghang gepflanzt.

Fast täglich ließ sich Wilhelm dorthin kutschieren, das war für ihn „Chefsache“. Alles gedieh prächtig und als die Blüte einsetzte, war nicht nur Wilhelm begeistert. Die Holzmindener pilgerten zum Burgberg und bewunderten die blühenden Lavendelfelder. Sogar überregional wurde in Zeitschriften berichtet: „Mitten in Deutschland, an der waldumsäumten Weser, befinden sich in der Tat Lavendelfelder, die an Schönheit und Üppigkeit ihresgleichen auch in Südfrankreich suchen. Die Pflanzen gedeihen prächtig, und es ist ein herrliches Bild, diese farbenfrohen Kinder des Südens inmitten der etwas schwermütigen deutschen

Eichenwaldlandschaft zu sehen, der Farbenkontrast ist vollkommen.“ (Alfons M. Burger, Riechstoff-Ind. Bd 11)

Für Wilhelm war das erst der Anfang. Man würde die Anbauflächen aufstocken und Betriebsangehörige könnten sich einen Nebenverdienst als Erntehelfer verschaffen.

Drei Extraktionen mit niedrig siedendem Benzin hatten ausgereicht, um den Blütenstengeln die darin enthaltenen Riechstoffe vollständig zu entziehen.

Wilhelm zeigte stolz den ersten Extrakt seinem Sohn Wilhelm jun. Dieser nahm das Glas mit der grünen Masse, auch Concrêt genannt, und machte einen Riechtest.

„Ich erkenne beim Aromaprofil blumige und vor allem cumarinige Noten“, sagte Wilhelm jun.

Wilhelm war beeindruckt, sein Sohn war auf dem richtigen Weg.

35

Wilhelm konnte sich immer noch gut auf seine Nase verlassen, und er war dankbar dafür. Der Riechvorgang war kompliziert, gesteuert vom Gehirn über Rezeptoren und Nervenbahnen. Vieles davon hatten die Wissenschaftler noch nicht aufgeklärt, da gab es noch so manches zu entdecken. Obwohl er sich selbst als Mensch mit ausgeprägtem Geruchssinn einstufte, hatte er als Riechstoff-Fabrikant längst schon Spezialisten – Parfümeure – eingestellt, besonders nach seiner Reise in die Parfümstadt Grasse wurde er dazu angeregt. Auch auf seinen Geschmackssinn konnte er sich ganz gut verlassen, beim Verkosten einer Vanillespeise spürte er immer noch deutlich das Vanillin. Die Forschung hatte auch beim Geschmack Fortschritte gemacht. Der japanische Professor Kikunae Ikeda hatte erst kürzlich in einer Seetang-Brühe die fünfte Geschmacksrichtung entschlüsselt und sie *umami* (jap. wohlschmeckend) genannt.

Wilhelm traf sich jetzt mit seinem Abteilungsleiter Kerschbaum, um die Richtung für die zukünftige Forschung zu besprechen.

„Mein lieber Kerschbaum, wir können inzwischen alle bedeutsamen künstlichen Riechstoffe wie Vanillin, Cumarin, Iron und Heliotropin herstellen."

Kerschbaum: „Ich darf noch ergänzen, das von Wallach entdeckte Terpineol und Geraniol."

„Wie weit sind wir inzwischen mit der Erforschung der Riechstoffe der ätherischen Öle wie Rosenöl, Ylang-Ylangöl sowie der Rohstoffe der Parfum-Industrie in Grasse wie Jasmin, Nelken, Tuberosen, Narzissen und Cassieblüten gekommen?"

„Die Ergebnisse der Forschungsarbeiten mit den Blütenpflanzen waren überraschend. Es zeigte sich nämlich, dass diejenigen Riechstoffe, die in der Vergangenheit zum Aufbau bestimmter Blütenparfums benutzt wurden, oft in den Blüten nicht vorhanden waren. Der Gesamtduft setzte sich aus vielen Komponenten zusammen. So galt es bislang als Tatsache, dass für einen typischen Hyazinthenduft Phenylacetaldehyd verantwortlich war. Die Forschungsergebnisse ergaben aber, dass in der Hyazinthenblüte diese Substanz nicht vorhanden war, ähnlich verhielt es sich beim Flieder mit dem Geruch des Terpineols.

Den süßen blumigen Geruch verschiedener Blumen konnten wir bislang durch künstliche Nachahmungen nur unvollkommen erreichen, aber kürzlich ist uns ein Durchbruch gelungen."

„Da bin ich sehr gespannt, auch ich empfand zum Beispiel unser bisheriges künstliches Maiglöckchen-Öl noch nicht als optimal."

„Wir haben einen Stoff entdeckt, der diesen letzten Schritt zum vollkommenen Blumenduft bewerkstelligt."

„Welche Verbindung steckt dahinter?"

„In dem Öl der *Acacia farnesiana* konnten wir einen Alkohol isolieren, deshalb wurde er *Farnesol* genannt."

„Bitte beschreiben Sie doch einmal das Aromaprofil."

„Es ist ein feiner blumiger Geruch, der scheinbar im Verbund mit anderen Riechstoffen verdeckt wird, aber etwas Besonderes bewirkt. Die Riechstoffe wirken bei Zusatz anhaftender und verfliegen weniger schnell, auch erhält das Profil einen mehr blumigen Charakter."

„Wie ich sehe, haben Sie eine Probe mitgebracht."

„Ja, es handelt sich um ein künstliches Maiglöckchenöl, das mit Farnesol angereichert wurde."

Wilhelm benetzte ein Riechstäbchen mit der Probe und war äußerst verblüfft.

„Die Angleichung an das natürliche Maiglöckchenöl ist vollkommen. Auch dieses Produkt wird ein gutes Geschäft werden, wir müssen nur schnell eine Patentanmeldung durchführen."

Er dachte sofort an weitere Einsatzgebiete bei anderen heimischen Gartenblumen wie Flieder und Hyazinthen und Rosen.

„Zum Schluss unserer Besprechung möchte ich noch auf den tierischen Duftstoff Moschus aufmerksam machen. Ich weiß, dass unser Konkurrent Schimmel eifrig auf diesem Gebiet forscht."

Wilhelm hatte sich schon früher für Moschus, das Drüsensekret des männlichen Moschustieres interessiert, das zu den geweihlosen Hirschen gehörte und in Asien heimisch war. Moschus diente als hervorragendes Fixierungsmittel bei der Parfum-Kombination. Als guter Geschäftsmann wusste er natürlich auch von dem riesigen Potential für ein künstliches Produkt, ein Gramm Tonking-Moschus kostete immerhin 300 Mark.

Was gab es doch noch für vielfältige Möglichkeiten in der Riechstoff-Forschung! Warum sollte es den Chemikern nicht gelingen, auch tierische Duftstoffe wie Moschus, Zibeth und auch Ambra eines Tages nachzustellen?

36

Immer wieder hatte Wilhelm darüber nachgegrübelt. In alten Überlieferungen aus Mexiko wurde diese spezielle Wirkung der Vanille auf den menschlichen Organismus beschrieben, sie galt als Wundermittel für Geist und Körper. Sie konnte ungeahnte Kräfte freisetzen und eine gegenseitige Anziehung der Geschlechter bewirken. In historischen Dokumenten, aufgezeichnet von Mönchen, hatte er von der Wunderdroge Vanille gelesen, die besonders in Verbindung mit der Kakaobohne schon bei den Azteken eine große Rolle spielte. Es hieß später sogar, dass man gezwungen war, den Konsum von Schokolade in den spanischen Klöstern einzudämmen, da es zu diversen Ausschreitungen gekommen war.

Wilhelm schaute seinen streng blickenden Forschungsleiter Kerschbaum an und war unsicher, ob er überhaupt dieses etwas heikle Thema „Aphrodisiakum" anschneiden sollte. Aber es hatte ihn ein Leben lang bewegt.

„Lieber Kerschbaum, wir haben im Laufe der Jahre mit der Vanille und vor allem mit dem Vanillin den Markt gut versorgt, ich selber schätze das Aroma sehr. Es beginnt bei mir schon mit dem Frühstück, zum Porridge gehört immer ein Schuss Vanillin. Wir als Wissenschaftler müssen uns mit allen Eigenschaften eines Produktes auseinandersetzen und auch Wirkungen erforschen. Wie sind ihre Erkenntnisse bezüglich der Gerüchte über die Wirkung von Vanille als Aphrodisiakum?"

Kerschbaum schluckte etwas bei der unerwarteten Frage, besann sich aber schnell und fühlte sich als Wissenschaftler angesprochen.

„Wir Wissenschaftler haben bislang keine Beweise für eine stimulierende Wirkung und können uns zur Zeit nur auf die Aussagen der Konsumenten stützen. Von der Seite gibt es allerdings positive Rückmeldungen, auch wird gelegentlich nach Rezepturen eines sogenannten Liebestrankes gefragt."

„Können Sie mir eine derartige Rezeptur einmal vorstellen?"

Kerschbaum blätterte in seinen Unterlagen, wurde fündig und begann vorzulesen:

Liebestrank aus Mexiko

Ein Liter Milch wird mit 2 Vanilleschoten aufgekocht und 10 Minuten lang weiter erhitzt.
Anschließend werden die Schoten herausgenommen, längs durchgeschnitten und das Vanillemark mit einem Löffel herausgekratzt, um es dann mit ¼ Liter Wasser, 4 Esslöffel Kakao, 2 Esslöffel Honig und 4 Esslöffel Zucker unter ständigem Rühren wieder in die heiße Milch zu geben.
Dann mit ¼ Teelöffel und einer Prise Cayennepfeffer und Salz würzen.
Den Topf von der Flamme entfernen und mit einem Besen die Milch rühren, damit sich keine Haut bilden kann.
¼ Liter weißer Rum wird unter Rühren hinzugefügt und das Getränk in vier Portionen serviert.

Wilhelm wurde nachdenklich. Vielleicht war doch etwas dran an den Gerüchten.

Auf jeden Fall waren sie ein hervorragender Werbeeffekt auch für seine Produktion. Man müsste halt einmal in solchen Dingen erfahrene Kunden befragen. Spontan musste er an den Sultan denken.

„Bitte geben Sie mir das Rezept demnächst mit auf meine geplante Reise nach Sansibar. Ich werde dieses meinem Geschäftspartner Sultan Khalifa ibn Harub überreichen und ihn auch einmal ansprechen auf die erotisierende Wirkung der Vanille. Schließlich ist er mit seinen zahlreichen Nebenfrauen ein erfahrener Mann in Liebesdingen."

Wilhelm wurde klar, wie wenig man wusste über die Zusammenhänge.

„Wir Wissenschaftler haben an dieser Stelle noch viele Fragen", sagte Kerschbaum, „wir wissen z.B. gar nicht, ob sich Vanillin und Vanille in dieser vermuteten Wirkung unterscheiden?"

„Es wäre ja auch möglich, dass eine Duftkomponente der Vanille, die wir noch nicht genau kennen, für eine derartig anziehende Wirkung zwischen den Menschen sorgt."

Für Wilhelm war jetzt klar, in die Forschung würde seine Firma immer wieder investieren.

37

Wilhelm begrüßte seinen Gast im Besprechungszimmer seiner Fabrik. Die tiefstehende Herbstsonne fiel auf die Wand mit den Ölgemälden von Tiemann und Reimer und gab dem Raum etwas von Tradition und Wissenschaft. Er fixierte den gut aussehenden jungen Mann mit dem glatten Scheitel und den streng nach hinten gekämmten Haaren wohlwollend. Man sah Carl Wilhelm Gerberding auf den ersten Blick den Friseurmeister an, nur sein energischer Blick passte nicht ganz zu diesem Bild. Dieser junge Mann wollte mehr als ein Friseur sein wie sein früh verstorbener Vater, er wollte hoch hinaus und hatte auch schon einiges vorzuweisen. Das alles imponierte Wilhelm, er spürte eine unbändige Willenskraft bei seinem Gegenüber. Insgeheim konnte er sich so seinen Nachfolger vorstellen, mit seinen 75 Jahren war er halt auch nicht mehr der Jüngste. Dieser junge Mann würde ausgerechnet hier in Holzminden für ihn zum starken Wettbewerber werden und ihn herausfordern, das spürte Wilhelm. Deshalb hatte er Gerberding zu einem Gespräch eingeladen, und es galt dabei das Terrain abzustecken.

„Ich war bei Ihrem Vater Kunde in seinem Friseurladen in der Stadt. Ist es richtig, dass Sie als Lehrling bereits Experimente mit Duftstoffen durchgeführt haben?"

„Im elterlichen Haus in der Bahnhofstraße habe ich mir ein kleines Labor eingerichtet und versucht, gutes Haarwasser herzustellen. Dabei war für mich der Alkohol ein Qualitätsmerkmal."

„Wie ist das zu verstehen?"

„Nach meiner Vorstellung ist Alkohol gut für die Kopfhaut wie auch für die Haare. Ein hoher Alkoholgehalt kann nachgewiesen werden durch die Brennbarkeit. Zur Demonstration habe ich für die Kunden etwas Haarwasser auf die Theke geschüttet, um es anschließend anzustecken. Gelang dieses, so galt das Haarwasser als besonders wirksam."

Wilhelm hatte aufmerksam zugehört und merkte schnell, er hatte einen ausgesprochenen Praktiker vor sich. Diese Art, die Dinge anzupacken, imponierte ihm. Natürlich war er nicht unvorbereitet in dieses Gespräch gegangen und hatte recherchieren lassen. Er wusste, dass Gerberding als Freiwilliger 1914 im Krieg das ganze Elend kennengelernt hatte, ähnlich wie es 1870 bei ihm war. Er wusste, dass Gerberding mit seiner Ehefrau Ilse, Tochter des Forstmeisters Beddis, eine ebenso tatkräftige Mitstreiterin an seiner Seite hatte wie er seinerzeit mit seiner Luise. Gute Voraussetzungen für den Aufbau eines Unternehmens. Man hatte ihm auch berichtet, dass Gerberding eine Vorliebe für den Orient besaß. Als Friseurmeister waren ihm wohlriechende Düfte daher ein wichtiges Element.

„Wie kam es dann zur Firmengründung?"

„Ich muss zunächst gestehen, dass die Riechstoff-Fabrik H & R. hier im Ort für mich stets ein Ansporn war. Vor drei Jahren sah ich dann meine Chance kommen, mit der Haarwasser-Produktion zu beginnen. Außerdem sah ich eine Marktlücke in der Qualitätsprüfung von Riechstoffen und deren Einsatz in der Praxis. Ich konnte meinen Vetter August Bellmer als Mitstreiter und Geldgeber gewinnen. Ich gründete die Drago-Werke als chemische Fabrik."

Für Wilhelm war klar, dass angesichts der ungünstigen Rahmenbedingungen wie Inflation und rapidem Währungsverfall nach dem Weltkrieg schon eine enorme Unternehmerbegabung bei diesem jungen Mann vorliegen musste.

„Wieso der Name Drago-Werke?"

„Ich habe einen roten Drachen auf goldenem Grund als Firmenzeichen entworfen und dann gesetzlich schützen lassen. Ein Jahr später wurde der Name in DRAGOCO verändert im Zuge einer Umwandlung in eine Offene Handelsgesellschaft. Im Sortiment hatten wir neben dem schon erwähnten Haarwasser Parfüm- und Seifenkompositionen. Die Belegschaft bestand aus 15 Personen, darunter auch ein Chemiker."

„Gab es weitere Anpassungen?"

„Ja, aufgrund der schwierigen wirtschaftlichen Lage waren wir kürzlich gezwungen, erneut die Rechtsform zu ändern. Die Firmenbezeichnung lautet jetzt DRAGOCO, Gerberding & Co."

An dieser Stelle endete zunächst die Vorstellung der neuen Rechtsform durch Gerberding. Natürlich war die geschilderte Firmenbeschreibung für Wilhelm nichts Neues. Was seinen Unmut im Vorfeld ausgelöst hatte, waren zwei noch fehlende Zusätze.

„Ist die neue Firmenbezeichnung damit komplett?"

„Nicht ganz, sie lautet weiter: Künstliche Riechstoffe, G. m. b. H."

„Das erstaunt mich, wollen Sie damit deutlich machen, auch in die Produktion von synthetisch hergestellten Riechstoffen wie Vanillin und Cumarin einzusteigen und somit direkt zum Konkurrenten hier vor Ort zu werden?"

Gerberding zögerte einen Moment und überlegte sich seine Antwort gut.

„Nein, keineswegs. Wir bleiben bei unseren Verfahren der Extraktion und Destillation und denken eher an den Handel mit künstlichen Riechstoffen. So kann es gut sein, dass wir demnächst von Ihnen produzierte künstliche Riechstoffe in unserem Sortiment haben werden. Insofern sehe ich unser heutiges Gespräch auch als gute Voraussetzung für eine Zusammenarbeit an."

Wilhelm war nur teilweise beruhigt, insgeheim bewunderte er aber die Weitsicht dieses jungen Unternehmers, die besonders bei dem zweiten bislang noch nicht erwähnten Zusatz deutlich wurde.

„Gibt es bei der letzten Eintragung im Handelsregister einen weiteren Zusatz?"

„Ja, in der Tat, wir haben uns für die Zukunft die Option eintragen lassen, gleichartige oder ähnliche Unternehmungen zu erwerben, sich zu beteiligen oder deren Vertretung zu übernehmen."

Das fand Wilhelm schon ganz erstaunlich, um nicht zu sagen beängstigend. Er fragte sich, wie sein Gegenüber auf eine derart glänzende Idee kommen konnte. Ahnte er bereits etwas von der zukünftigen Industriepolitik, die es ermöglichen könnte, günstig einen fremden Betrieb zu übernehmen? Aus seiner Sicht würde in Zukunft doch eine stetige Wettbewerbssituation zwischen beiden Firmen entstehen.

„Wir sollten versuchen, eine Wettbewerbssituation zumindest beim Personal zu entschärfen."

„Das sehe ich auch so", meinte Gerberding, „ein Ehepaar beruflich getrennt in je einer Firma geht gar nicht, darauf sollten wir achten, um nur ein Beispiel zu nennen."

„Man erzählt sich, dass Mitarbeiter den Bürgersteig wechseln, wenn einer „von der Vanille" entgegenkommt", antwortete Wilhelm und sagte weiter:

„Bestimmte Regeln sollten gelten, wie zum Beispiel ein Verbot, sich gegenseitig Mitarbeiter abzuwerben. Ich schlage vor, hier ein Gentlemen-Agreement abzuschließen."

Gerberding und Wilhelm gaben sich die Hand und schauten sich dabei in die Augen, um das Abkommen zu besiegeln. Wilhelm hatte dabei ein gutes Gefühl. Ihm schoss dabei plötzlich ein Gedanke durch den Kopf. Warum sollte man nicht eines Tages zusammengehen? Einigkeit macht stark!

38

Wilhelm war in die Jahre gekommen. Zu Hause versorgt und umhegt von beiden Nichten. Natürlich waren sie kein Ersatz für seine Luise, die ihn so früh verlassen hatte. Sein Gärtner und sein Kutscher gingen ihm ebenfalls zur Hand, besonders wenn es etwas Handwerkliches zu bewältigen galt.

Täglich ließ er sich in die Fabrik fahren, das Ruder hatte er noch in der Hand und die Geschäftsleitung mit seinen 83 Jahren immer noch nicht abgeben können.

Seine inzwischen über hundert Mitarbeiter lagen ihm noch immer sehr am Herzen. Unvergessen war ihm ihr Fackelmarsch in der Abenddämmerung zu seinem 80. Geburtstag vom Bahnhof Höxter bis zu ihm in die Haarmannstraße! Den Sonderzug von Holzminden hatten sie selbst bezahlt, da musste er sich doch eine Träne trocknen.

Durch schwierige Zeiten wie Krieg und Revolution hatte er das Firmenschiff gesteuert.

Die Familie war gewachsen, es gab zahlreiche Enkel. Besonders seine Enkelin Ilse hatte es ihm angetan, mit ihren 19 Jahren war sie zu einer blühenden Schönheit herangereift und erinnerte ihn stark an seine Luise.

Nur eines machte ihm immer noch Sorgen: Wer sollte die Fabrik in die Zukunft führen? Eine Zukunft, deren politischen Rahmenbedingungen höchst beunruhigend waren. Erst kürzlich hatte er seinem Gärtner geraten, sich von den Versammlungen der „Braunen Bewegung“ fernzuhalten.

Würden seine Söhne die Kraft haben, in führender Position sich dagegen zu stemmen? Besonders Wilhelm jun. mit seinem Hang zum Schützenwesen schien ihm anfällig zu sein gegenüber den neuen Kräften. Auch rein fachlich fehlte es in seinen Augen an Durchsetzungsvermögen und Visionen.

Vielleicht sollte man in Zukunft auf ein Leitungs-Team setzen? Die Brüder könnten sich gegenseitig ergänzen, und gute Fachleute wären eventuell mit im Boot.

Wilhelm wusste, dass er dieses Problem noch anpacken musste, ging es doch um die Zukunft vieler Menschen, die ihm anvertraut waren.

Aber zunächst wollte er sich noch einen Lebenstraum verwirklichen. Natürlich hatte der etwas mit der Vanille und auch mit seiner Leidenschaft für die Seefahrt zu tun.

Er würde noch eine Schiffsreise in südliche Gefilde unternehmen, dorthin wo die Vanille und die Gewürznelken wachsen. Aus Madagaskar, Réunion, Mauritius und Sansibar, alles Inseln im Indischen Ozean, hatte er seit einem halben Jahrhundert die Gewürze als Rohstoffe für seine Riechstoffe bezogen.

Gerade Sansibar hatte ihn immer schon besonders interessiert, angeregt durch ein Buch der Prinzessin Salme über das Leben im Sultanspalast. Der Sultan gehörte zu seinen Geschäftspartnern, vielleicht ergäbe sich dort eine Möglichkeit, mehr über das Schicksal der Prinzessin, die den deutschen Kaufmann Heinrich Ruete geheiratet hatte, zu erfahren.

Wilhelm wurde am 29. Januar schon in Stone Town auf Sansibar erwartet, als er mit dem Reichspostdampfer *Toledo*, der unter der Ost-Afrika-Linie lief, im Hafen eintraf. Sultan Khalifa ibn Harub, der Verwalter des britischen Protektorats Sansibar, hatte ihm eine Pferdekutsche geschickt, um ihn und sein Gepäck in den Sultan-Palast zu befördern. Dort angekommen, konnte Wilhelm nur staunen über das riesige Gebäude mit vielen Etagen, durchgehenden Säulen und Galerien, von denen sich ein phantastischer Blick aufs Meer mit den zahlreichen Schiffen eröffnete.

„Willkommen auf Sansibar, endlich lerne ich meinen Geschäftspartner einmal persönlich kennen," sagte der Sultan zur Begrüßung im Empfangssaal.

„Auch als Deutscher sind Sie mir sehr willkommen, denn wie Sie wissen, hat Sansibar einmal zu Deutschland gehört." Diese Begründung hätte Wilhelm nicht erwartet, denn immerhin hatte der Sultan zusammen mit den Engländern im Weltkrieg gegen die Deutschen kämpfen müssen.

„Ja, das stimmt, wir waren unter Bismarck eine Zeitlang Kolonialmacht hier, konnten dann aber Sansibar im Austausch gegen Helgoland an das britische Kolonialreich abtreten."

Als Bismarck-Verehrer war Wilhelm damals von dieser Politik des Machtstrebens enttäuscht gewesen. Auf jeden Fall war die damalige Kolonialzeit unter dem Deutschen Kaiser dem Sultan nicht in so schlechter Erinnerung verblieben.

Wilhelm wusste nicht so recht, ob er den Sultan auf den Skandal um die Prinzessin Salme ansprechen sollte, in den auch Deutschland verwickelt war. Er hatte damals für große Aufregung gesorgt und viel Aufmerksamkeit erregt, die Prinzessin war erst vor wenigen Jahren in Jena gestorben. Zu seiner Überraschung begann der Sultan von sich aus auf diese Familientragödie hinzuweisen:

„Es gab sogar in der Kaiserzeit eine deutsch-sansibarische Liebesbeziehung in der Familie des Sultans, die sehr umstritten war."

„Können Sie Einzelheiten nennen?"

„Salme war die Tochter des ersten sansibarischen Sultans Sayyid Said und seiner tscherkessischen Nebenfrau. Im Jahr 1866 verführte der deutsche Kaufmann Heinrich Ruete, Vertreter des Hamburger Handelshauses Hansing & Co., der in einem Gebäude neben dem Sultanspalast wohnte, die Tochter des Sultans. Sie wurde von ihm schwanger und der Skandal war da."

„Mit welchen Konsequenzen für die Prinzessin?"

„Nach moslemischem Recht drohte ihr die Steinigung. So wählte sie die Flucht nach Europa an Bord eines britischen Handelsschiffes."

In Deutschland erregte diese Flucht damals erhebliches Aufsehen, auch Wilhelm hatte in den Zeitungen den Skandal verfolgt. Nach ihrer Hochzeit lebte Salme mit Heinrich in Hamburg, und dann ereilte die Familie mit drei Kindern ein tragisches Schicksal. Heinrich Ruete wurde 1870 von einer Pferdedroschke überrollt und Emily Ruete, geb. Prinzessin Salme von Oman und Sansibar, stand mit 26 Jahren in einem für sie fremden Land als Witwe da.

„Und wie sehen Sie die damalige Vertreibung der Prinzessin aus heutiger Sicht?", fragte Wilhelm den Sultan.

„Ich halte sie als Mitglied der Großfamilie in Ehren und habe zu ihrem Gedenken hier im Palast ein Zimmer mit Bildern und persönlichen Gegenständen einrichten lassen. Wir können gern gemeinsam dort eine Besichtigung vornehmen."

„Aber die Familie war insgesamt grausam, denn zeitlebens versuchte Salme vergeblich, mit ihren Kindern nach Sansibar zurückzukehren."

„Das stimmt, aber sie ließ sich eben auch von Bismarck politisch einspannen, der sie an Bord eines Kriegsschiffes mit nach Sansibar nahm."

Wilhelm war sehr interessiert an allem, denn er hatte als Bücherfreund natürlich ihr Buch über das Leben im

Sultanspalast mit Begeisterung gelesen. Ihre „Memoiren einer arabischen Prinzessin“ galten als die erste Autobiografie einer Araberin und wurden ein großer Erfolg.

So führte ihn der Sultan in den Museumsraum der Prinzessin, und Wilhelm bewunderte die zahlreichen Ölgemälde und auch Fotos der tapferen Frau aus Sansibar, die in Deutschland als Schriftstellerin und Lehrerin drei Kinder großgezogen hatte und in Hamburg ihre letzte Ruhestätte fand.

Etwas schwermütig konnte man dabei werden, Wilhelm wusste nur zu gut, dass auch seine Lebensuhr langsam ablief.

Dann hellten sich aber seine Gedanken auf, als der Sultan ihn bei Sonnenuntergang zum Rauchen der Wasserpfeife auf der Terrasse einlud, seine geliebten Zigarren wagte er dann gar nicht mehr anzubieten.

Beim Rauchen kam man auch auf den wichtigsten Aspekt seiner Reise zu sprechen, nämlich die Kulturen der Gewürznelken und der Vanille vor Ort zu besichtigen.

„Morgen reiten wir zu einer meiner Plantagen“, sagte der Sultan.

„Wieviele Plantagen besitzen Sie eigentlich?“, fragte Wilhelm.

„Meine 45 Plantagen liegen über die ganze Insel verstreut. Nur zwei davon haben wirkliche Paläste, sechs größere Landhäuser und die übrigen enthalten bloß Verwaltungs- und Wirtschaftsgebäude.“

Wilhelm staunte doch sehr, als er hörte, dass auf den größeren Plantagen früher bis zu 500 Sklaven beschäftigt waren.

Am nächsten Morgen unmittelbar nach dem Morgengebet brach die Reisegruppe mit den schneeweißen Reiteseln, deren Schwänze mit Henna rot gefärbt waren, zeitig auf und näherte sich gegen Mittag der Plantage. Schon von weitem lag ein schwerer würziger Geruch, betäubend nahezu, wie dunkler Samt in der Luft. So weit das Auge reichte, reihten sich die Bäume mit Trauben von gelbgrünen Knospen. Auf dreiteiligen Holzgestellen waren zahlreiche Arbeiter mit der Ernte der Gewürznelken beschäftigt.

Sie sammelten per Hand die Blütenknospen in Körben, bevor diese zum Blühen gelangten, von den teilweise bis zu zehn Meter hohen Gewürznelkenbäumen ein.

Wilhelm war beeindruckt und ergriff eine Hand voll Knospen. Nach dem Trocknen entsteht dann der charakteristische Geschmack der Gewürznelke, den man so schätzt, nicht nur bei dem Nürnberger Lebkuchen, sondern bei vielen anderen Speisen.

Wilhelm dagegen benötigte die ätherischen Öle mit dem hohen Anteil an Eugenol für sein Vanillin, so dass die Gewürznelken zuvor noch einer Destillation unterworfen werden müssen.

Wilhelm atmete die würzige Luft tief ein, die über den zum Trocknen ausgebreiteten und schon gebräunten Gewürznelken hing. Wie oft hatte er sich das zu Hause ausgemalt, einmal zu der Gewürzinsel zu reisen und alles mit eigenen Augen zu sehen, zu fühlen, zu riechen und zu schmecken.

Und es gab noch mehr zu entdecken. Neben Muskatnuss, Pfeffer, Zimt und Kardamom gab es ja hier vor allem die Vanille! Dort würde man morgen sein, hatte der Sultan versprochen. Dort könnte er dann sehen, wie das Vanillin in der Natur entsteht.

Wilhelm liebte die Abende im Orient, waren sie doch höchst romantisch. Sie wurden ausgefüllt durch die Tänze und Spiele der hindustanischen Tänzer und Tänzerinnen im lauschigen Grün unter alten Mangobäumen. Dazu das melancholische Mondlicht der Tropennacht, nur ab und zu akustisch untermalt durch die Geräusche der Sansibar-Stummelaffen. Der Sternenhimmel war überwältigend und fremdartig für ihn. Ungewohnt für einen Europäer das Kreuz des Südens, und mit dem Fernrohr war sogar der Jupitermond Io, benannt nach der griechischen Göttin, zu bestaunen.

Am nächsten Morgen erreichte man nach zwei Stunden mit dem Reitesel die Vanille-Plantage. Der Sultan hatte aus gutem Grund zur Eile angetrieben, es war Blütezeit für die Vanilla Planifolia.

„Nur morgens öffnen sich die Blütenblätter und die Arbeiter müssen sich sputen, um die Befruchtung mit einem Bambusstachel durchzuführen, es gibt nur ein kleines Zeitfenster. Ein Plantagenarbeiter schafft etwa 1000 Blüten pro Tag."

In langen Reihen waren die etwa mannshohen Vanille-Kulturen mit ihren leuchtend grünen Blättern angepflanzt und mit Netzen gegen die sengende Tropensonne geschützt. Die Ranke klettert an kleinen Ziehbäumen empor und zeigt überall die typischen Luftwurzeln. Die Gewürzvanille Vanilla planifolia, eine Orchideenpflanze, hat ihren Namen vom spanischen Vainilla (kleine Hülse lat. Vagina), der zweite Teil des Artnamens, planifolia, bezieht sich auf die flachen Blätter (lat. planus = flach) und (folius = Blatt).

„Am Rande unserer Plantage haben wir noch Regenwald. Dort rankt die Vanillepflanze noch bis in die Baumwipfel, und die Bearbeitung ist für uns etwas schwerer zu bewältigen", sagte der Sultan.

Wilhelm beobachtete sehr genau, wie die Bestäubung geschickt manuell durchgeführt wurde. Überall sah er die gelblichen, angenehm duftenden Blüten, wobei eines der sechs Blütenblätter als Lippe ausgebildet war. In der Blüte trennte ein Häutchen die Narbe von den Staubgefäßen. Dieses Häutchen verhinderte sowohl eine Selbst- als auch eine zufällige Fremdbestäubung. Bei einigen Pflanzen, die offensichtlich schon vor einiger Zeit verblüht waren, hatten sich aus den Fruchtknoten bereits grüne Kapseln entwickelt.

„Diese grünen Schoten müssen noch wachsen und reifen bis zur Ernte in einem halben Jahr, sie werden bis zu 20 Zentimeter lang und nehmen eine goldgelbe Farbe an. Sie müssen im richtigen Moment kurz vor dem Platzen gepflückt werden. Dabei wird jede einzelne Pflanze tagelang abgesucht, bis alle Früchte geerntet sind. Es ist ein langer Weg, bis aus den duftlosen, grüngelben Schoten die schokoladenbraunen Vanillestangen mit dem betörenden Aroma entstanden sind, die wir Ihnen seit Jahrzehnten nach Europa liefern."

„Warum ist der genaue Zeitpunkt der Ernte so wichtig?", wollte Wilhelm wissen.

„Aus einer zu frühen Ernte resultiert ein zu geringer Vanillin-Gehalt mit Schimmelbildung, eine zu späte birgt die Gefahr des Platzens der Kapsel mit Ernteverlust."

Wilhelm war der nächste Schritt der Weiterverarbeitung in Richtung Fermentation zwar geläufig, trotzdem interessierten ihn Einzelheiten:

„Wie geht es nach der Ernte weiter?"

„Wir stoppen den Reifungsprozess durch eine Heißwasserbehandlung, lassen dann die Schoten in Wolldecken verpackt schwitzen und trocknen zum Schluss in der Sonne.

Und voila, die „Schwarze Königin“ ist entstanden.“

Als sie anschließend in die große Halle zum Trocknen und Sortieren gingen, stockte Wilhelm der Atem. Eine derart schwere aromatische Duftwolke hatte er nicht erwartet, als er voller Begeisterung Tausende von gebündelten dunkelbraunen Vanilleschoten sah.

Der Sultan wandte sich an Wilhelm:

„Wie dabei sich das Vanillin bildet, meist kann man sogar die feinen Kristalle an der braunen Oberfläche erkennen, werden Sie mir als Chemiker sicher erklären können?“

Jetzt war Wilhelm in seinem Element:

„Das Vanillin ist in dem sogenannten Glucovanillin, einer Zuckerverbindung, enthalten. Bei der Fermentation erfolgt dann durch sogenannte Enzyme eine Spaltung in Glucose und das Vanillin.“

Der Sultan war beeindruckt. Da erzeugt ein Fabrikant in Europa dieses Vanillin, also die gleiche Substanz in reiner Form aus seinen Gewürznelken durch einen chemischen Prozess. Und diese moderne Art der Erzeugung war keine Konkurrenz für ihn. Im Gegenteil, er hatte seine Vanilleexporte steigern können und die Gewürznelkenausfuhr war ein gutes Geschäft.

„Der Vanillegeschmack geht über alles, sei es der Pudding oder das Eis oder viele andere Speisen,“ meinte Wilhelm voller Stolz.

„Ist es der Geschmack oder der Duft, wie geht das zusammen?“ wollte der Sultan wissen.

„Es ist beides, was zusammen wirkt, ich vergleiche es gern mit der Musik und dem Gesang.“

„Wie meinen Sie das?“

„Beim Schmecken benötige ich gleichzeitig meine Nase. Man kann den Geschmacksprozess mit einem Lied vergleichen, in dem der Geschmack die Singstimme und der Geruch die Musikbegleitung darstellt. Beide sind derart verwoben, dass die Singstimme ohne die musikalische Begleitung nicht nur dünn und leer, sondern geradezu verwaist erklingt."

„Da haben Sie recht, so treffend hätte ich es nicht ausdrücken können."

Wilhelm war überglücklich, er war am Ziel seiner Träume angelangt. Auf seine alten Tage war er weit gereist, dorthin, wo die Vanille wächst. Er hatte die gelblichen Blüten gesehen und deren Duft eingeatmet, die leuchtend grünen Blätter der Orchideenpflanze mit den Händen gefühlt und vor allem die schwere, süßliche Duftwolke in Erinnerung, die in der Lagerhalle über den schokoladenbraunen Schoten lag.

Jetzt konnte er zufrieden die Heimreise antreten. Doch schon musste er sich über sich selbst wundern. Er ließ seinen Gedanken freien Lauf, als er gegen Abend in Stone Town im Africa-House beim Sundowner auf der Terrasse saß: Da gab es doch noch die Tahiti-Vanille, die er beim Speiseeis so schätzte, und wie der Name schon sagt, deren Anbaubedingungen kann man nur in der traumhaften Südsee studieren!

Die nächsten acht Tage bis zur Ankunft des Schiffes *Tabora* auf Sansibar verliefen wie im Fluge. Der Sultan verwöhnte Wilhelm mit seiner Gastfreundschaft, und Wilhelm genoss die orientalische Welt mit allen Sinnen.

Etwas Wehmut kam schon auf beim Abschied und Wilhelm ahnte, es würde keine Wiederholung geben. Beim Betreten der *Tabora* verschwand die Sonne hinter einer dunklen Wolkendecke, und plötzlich umkreisten schwarze Seevögel den ersten Schornstein mit einem ohrenbetäubenden Geschrei.

Wilhelm war zwar nicht abergläubisch, doch ganz frei machen konnte er sich auch nicht von einer Vorahnung. Schnell war dieser Vorfall vergessen, als er sich in der 1. Klasse-Kabine häuslich eingerichtet hatte und dann das stolze Schiff näher erkunden konnte. Mit seinen 6800 PS und 14 Knoten Geschwindigkeit zog die *Tabora,* die zur *Deutschen Ost-Afrika-Linie* gehörte, ihre Bahn in Richtung Norden. Die See war ruhig und die etwa 200 Passagiere konnten ihren Beschäftigungen nachgehen und an Deck in Liegestühlen die frische Seeluft einatmen.

So verlief das Bordleben relativ eintönig, bis plötzlich der erste Offizier eilig, etwas zu eilig, wie es Wilhelm schien, die Brücke verließ und die Passagiere bat, ihre Kabinen aufzusuchen. Außerdem wurde eine Sturmwarnung durchgegeben. Das Schiff passierte gerade die Straße von Messina, in der Ferne sah man die Lichter des Festlandes blinken. Rasch verfinsterte sich der Himmel, und schon setzte der Orkan ein. Wilhelm kämpfte sich durch die Gänge in Richtung Kabine und schaffte es endlich dorthin. Kaum hatte er die Tür mit aller Anstrengung geöffnet, sah er durch das Bullauge schon das Unglück kommen. Als Kinder hatten sie früher solch eine Monsterwelle als „Kaventsmann“ bezeichnet. Er konnte nur noch feststellen, dass die Wellenflanke unwahrscheinlich steil war. Dann wurde er angehoben, an die Kabinendecke geschleudert und krachte mit voller Wucht mit dem Oberkörper auf den Kabinenboden, bevor ihm die Sinne schwanden.

Als er wieder zu sich kam, lag er voller Bandagen im Schiffshospital. Matrosen hatten ihn bei der Kontrolle der

Kabinen verletzt gefunden und versorgt. Er hatte Schmerzen in der Brust und ahnte, das hier lag nicht mehr in seiner Hand.

Die gesamte Rückreise musste er im Hospital verbringen, nur Morphium brachte ihm Linderung.

Zu Hause angekommen, warteten schon Luise und Marie voller Bangen auf den Patienten, um ihn hingebungsvoll zu pflegen, während der Hausarzt täglich seine Schmerzen bekämpfte.

Als erste eilte seine Enkelin Ilse an sein Krankenbett, er nannte sie „Io, mein Stern", und sie war schon ein wenig darüber verwundert. Er war wohl verwirrt und murmelte etwas vom Sternenhimmel in Afrika.

Wilhelm spürte wohl, dass seine Kräfte schwanden, auch das Morphium setzte ihm zu. Zwischendurch hatte er ganz klare Momente, die er dazu nutzte, um seinen ältesten Sohn Wilhelm zu rufen. Dieser hatte ihn während seiner Abwesenheit in der Fabrik hervorragend vertreten, wie man ihm sagte.

Mit schwacher Stimme flüsterte er ihm zu:

„Das Schicksal hat es gut gemeint mit mir, ich gehe in Frieden. Zwei Dinge möchte ich Dir ans Herz legen. Halte unsere schöne Villa, meine „Burg", stets im Besitz der Familie und führe die Fabrik zusammen mit Deinem Bruder in eine sichere Zukunft.

Behalte dabei das Vanillin und die Vanille im Auge. Die Menschen werden immer das Vanille-Aroma lieben."

Wilhelm Haarmann starb am Freitagnachmittag. Es war der 6. März 1931, und als Ehrenbürger der Stadt erhielt er ein Ehrengrab.

Auf seinem Grab lagen nach der Beisetzung ein großes Bündel schokoladenbraune Vanilleschoten, an deren Oberfläche sah man die feinen weißen Kristalle des Vanillins in der Märzsonne glitzern.

Wilhelms Söhne führten die Riechstoff-Fabrik weiter, bis sie nach 23 Jahren von einem deutschen Chemie-Konzern übernommen wurde.

Der Name Haarman & Reimer wurde beibehalten.

Wilhelms Vision wurde Realität, als Haarmann & Reimer und Dragoco im Jahr 2003 fusionierten. Dadurch entstand ein „Global Player“ und das weltweit viertgrößte Unternehmen der Duft-und Aromaindustrie.

Wilhelms Geburtsstadt schmückt sich heute mit dem Zusatz „Stadt der Düfte und Aromen”.

ANMERKUNGEN DES AUTORS

Der vorliegende Roman „Der Herr der Düfte“ ist ein fiktionales Werk.

Den Rahmen für das Buch bilden die biographischen Daten von Wilhelm Haarmann und die europäische Geschichte.

Viele der handelnden Personen und Ereignisse haben existiert, manche sind frei erfunden, ebenso die Verknüpfung zur Hauptperson.

Es war mein Anliegen, mit meinem Roman das ungewöhnlich interessante Leben eines Forschers und Unternehmers aus der Welt der Riechstoffe einer breiten Leserschaft zugänglich zu machen.

Dabei ließ ich mich von dem Motto leiten „So war es gewesen, so hätte es sein können“.

Rein wissenschaftlich war es auch meine Absicht, dem Leser einmal vor Augen zu führen, welche Leistung und Begeisterung darin zu sehen ist, einen in der Natur existierenden Riechstoff, wie z. B. das Vanillin oder auch das Cumarin, synthetisch herzustellen. Möglich wurde diese Leistung durch die Naturwissenschaft Chemie, der schon Justus Liebig im 19. Jahrhundert den Weg bereitet hatte.

Die Chemie führt den Menschen ein
in das Reich der stillen Kräfte,
durch deren Macht alles Entstehen und Vergehen
der Erde bedingt ist.

Justus Liebig
(Chemische Briefe, 1844)

LITERATUR

Andrews. (1808). *Botanists Repository*, Vol *VIII*,

Becker, D. (1993). *Eine Braunschweiger Villa in Höxter*. In Braunschweigisches Jahrbuch. 74.

Behn, W. F. (1876). *Verleihung von Cothenius-Medaillen im Jahr 1876*. Leopoldina , Heft XII. Nr.13-14.

Burger, A. *Lavendel-Kulturen im Herzen von Deutschland*. Riechstoff-Industrie, 11/31.

Busse, W. (1899). *Ueber Gewürze. IV: Vanille*. Arbeiten aus dem Kaiserlichen Gesundheitsamt, Bd 15. Berlin: Springer Verlag.

Carles, P. (1872). Étude chimiqe du givre de vanille. BULLETIN DE LA SOCIÉTÉ CHIMIQUE FRANCE, 17,

Das H&R Buch Parfum. Hamburg: Glöss Verlag .

Empoisonnement par la vanille. (1900). La Nature, 28,

Erlenmeyer, E. (1875). *Ueber die relative Constitution des Eugenols*. Liebig's Analen der Chemie, 179,

Fischer, E. (1899). *Gedächtnisrede Ferdinand Tiemann*. Ber. Deut. Chem. Ges., 32,

Fleischer, M. *Berühmte Gäste Norderneys*. Norderney

Gobley, M. (1858). *Recherches sur le principe odorant de la vanille*. Journ. de Pharm. et de Chim. , XXXIV. (3 e SÉRIE T.).

Gotha, H. v. (1874). *Privileg, Vanillin darzustellen aus Coniferin*. Gotha.

Haarmann & Reimer, V. H. (1883). *Patent No. 27992*. Berlin, Kaiserliches Patentamt.

Haarmann, W. (1872). *Ueber einige Derivate der Glucoside Coniferin und Salicin*. Inauguraldissertation Universität Göttingen: Buchdruckerei Schade, Berlin.

Haarmann, W. (1877). *Patent No. 576*. Berlin, Kaiserliches Patentamt.

Haarmann/Tagebuch, D. G. *Mein Leben*. Manuskript von Heinrich Steude.

Hartig, *Jahrbuch für Förster*. (1861), 1

Hopp, R. (1993). *Some Highlights of H&R Research.* In R. M. Hopp, Recent Developments in Flavor and Fragrance Chemistry. Weinheim: VCH Verlag.

Houben, J. (1935). *Vom Kampf der Stoffe.* Rundschau Technischer Arbeit, 29 (Sonderabdruck).

Humboldt, F. A. (1812, Bd III,). *Zustand des Ackerbaus in Neu-Spanien.* Tübingen.

Kindel, G. (1994). *Vanilla.* Contact Magazin der Haarmann & Reimer GmbH Holzminden, 60. 1.

Kretschmer, P. (1981). *Die Weser-Solling-Stadt Holzminden – wie sie wurde, was sie ist.* Holzminden: Weserland-Verlag

Koch, H.-W. (2010). *Industrie in Altendorf...Haarmann & Reimer.* In H. u. e.V., Jahrbuch für den Landkreis Holzminden. Holzminden: Heimat- und Geschichtsverein Holzminden e.V.

Kubel, W. (1865). *Coniferin, ein Glucosid aus dem Cambialsaft der Nadelhölzer.* Prak. Chem., 97.

Kuhse, B. (2010). *Vanillin – Historie und Schulrelevanz, Dissertation.* Göttingen: Cuvillier Verlag.

Kuhse, B. (2012). *Wilhelm Haarmann auf den Spuren der Vanille,* Holzminden: Verlag Jörg Mitzkat

Lewicki, W. (1982). *Wöhler und Liebig. Briefe von 1829-1873,* Göttingen: J. Cromm Verlag.

Morgenstern, L. *Kochrezepte mit Anwendung von Haarmann & Reimer's Vanillin.* Dresden: General-Vertreter Max Elb.

Morren, C. (1838). Bull. Acad. Royale des sciences. Bruxelles.

Oberdieck, R. (1998). *Ein Beitrag zur Kenntnis und Analytik von Vanille.* Deutsche Lebensmittel-Rundschau, 94, Jahrg. 2.

Pankok, B. (1900). *Sammelausstellung der Deutschen Chemischen Industrie, Weltaustellung zu Paris 1900.* Berlin: Feyl-Verlag.

Preusse, C. (1875). *Ueber das Verhalten des Vanillins im Thierkörper.* Physiologische Chemie , Bd. IV. (Heft 33).

Rain, P. (1992). *Vanilla: Nectar of the Gods.* Foster, N., Codell, L. S. Chillies to Chocolates.Food the Americas gave the World . (University of Arizona Press Tuscon/London).

Reimer, K. (1876). *Ueber eine neue Bildungsweise aromatischer Aldehyde.* Ber. Deut. Chem., 9.

Scharrer, A. (2002). *Vanille. Neues zur Authentizität.* Dissertation. J. W. Goethe-Universität Frankfurt am Main, Biochemie, Chemie und Pharmazie.

Schmidt, C. O. (2001). *Stable Isotope Analysis of Favor Compounds.* Perfumer & Flavorist, 26.

Stokkebey, A. W. (1864). *Jahresber.* Fortschr. Chem.

Ruete, E. (1989) *Leben im Sultanspalast.* Frankfurt a. Main: Athenäum Verlag

Tiemann, F. H. (1874). *Ueber das Coniferin und seine Umwandlung in das aromatische Princip der Vanille.* Ber. Deut. Chem. Ges., 7.

Tiemann, F. H. (1874). *Ueber eine Methode zur quantitativen Bestimmung des Vanillins in der Vanille.* Ber. Deut. Chem. Ges., 8.

Tiemann, F. u. (1876). *Ueber die Bestandtheile der natürlichen Vanille.* Ber. Deut. Chem. Ges., 9.

Tiemann, F. (1875). *Ueber Coniferylalkohol, das bei Einwirkung von Emulsin auf Coniferin neben Traubenzucker entstehende Spaltungsprodukt, sowie Aethyl- und Methylvanillin.* Ber. Deut. Chem. 8.

Tiemann, F. (1876). *Ueber die der Coniferyl- und Vanillinreihe angehörigen Verbindungen.* Ber. Deut. Chem. Ges., 9.

Vaupel, E. (2002). *Betört von Vanille.* Kultur & Technik, Zeitschrift des Deutschen Museums, Jg. 26, 1.

Vogelmann, M. (1975). *Aus der Geschichte der Riechstoffindustrie.* Chemiker-Zeitung, 99.

Vogelmann, M. *Dr. Wilhelm Haarmann und seine Zeit.* Jahrbuch für den Landkreis Holzminden: Heimat und Geschichtsverein Holzminden e. V., (1986).

Wildeisen, A. (2003). *Vanille.* Aarau: At Verlag.

Witt, O. N. (1909). *Georges de Laire.* Ber. Deut. Chem. Ges., 34.

Witt, O. N. (1909). *Georges de Laire.* Ber. Deut. Chem. Ges., 42.

Witt, O. N. (1901). *Nekrolog Ferdinand Tiemann.* Ber. Deut. Chem.Ges. 34.

DER AUTOR

Björn Bernhard Kuhse wurde in Saalfeld geboren und lebt in Nordrhein-Westfalen.
Er studierte Chemie/Lehramt an der RWTH Aachen, war als Ingenieur in der Industrie und später an Berufskollegs in der Schulleitung tätig.
Er promovierte in Chemie an der Universität Bielefeld und betätigt sich als Schriftsteller. Neben Reiseberichten widmet er sich unter aanderem chemiehistorischen Themen. Besonders interessieren ihn dabei die Duftstoffe, speziell die Vanille und die Synthese des Vanillins.